THE OLD MAN
AND THE SEA

老人
与海

海 明 威 作 品 精 选

Ernest Hemingway

〔美〕欧内斯特·海明威 著

孙致礼 译

人民文学出版社
PEOPLE'S LITERATURE PUBLISHING HOUSE

Ernest Hemingway
The Old Man and the Sea

图书在版编目(CIP)数据

老人与海 / (美)欧内斯特·海明威著;孙致礼译
. —北京:人民文学出版社,2024
(海明威作品精选)
ISBN 978-7-02-018084-4

Ⅰ.①老… Ⅱ.①欧… ②孙… Ⅲ.①长篇小说-美
国-现代 Ⅳ.①I712.45

中国国家版本馆 CIP 数据核字(2023)第 136069 号

责任编辑　胡司棋　刘佳俊
封面设计　钱　珺

出版发行　人民文学出版社
社　　址　北京市朝内大街 166 号
邮政编码　100705

印　　刷　山东临沂新华印刷物流集团有限责任公司
经　　销　全国新华书店等

字　　数　59 千字
开　　本　890 毫米×1240 毫米　1/32
印　　张　2.75
版　　次　2012 年 5 月北京第 1 版
印　　次　2024 年 1 月第 1 次印刷

书　　号　978-7-02-018084-4
定　　价　39.00 元

如有印装质量问题,请与本社图书销售中心调换。电话:010-65233595

译者序

    欧内斯特·海明威于 1899 年 7 月 21 日出生于美国伊利诺州芝加哥市西郊的橡树园镇。他父亲是医生，酷爱钓鱼、打猎，母亲则爱好音乐、美术。由于受父母亲的影响，海明威从小就兴趣广泛，尤其喜欢摆弄枪支，常到密执安州北部的树林地带打猎、钓鱼。上高中时，海明威热衷于参加学校的拳击、足球等体育运动，同时还参加学校的演讲协会和乐队，并向校报、校刊积极投稿，很早就显示出他在体育和写作方面的才华。十七岁中学毕业后，海明威没有顺从父母要他上大学的愿望，跑到堪萨斯城应征入伍，因年龄问题遭到拒绝后，他到该市的《星报》当记者，并把自己的年龄增加了一岁。当记者期间，海明威不仅加深了对社会的了解，还学会了怎样撰写简洁有力的新闻报道，为他以后文学风格的形成奠定了基础。1918 年 5 月，海明威报名参加美国红十字会战地救护队，6月随救护队开赴欧洲战场，来到意大利当救护车司机，7月8日被炮弹炸伤双腿，住进米兰一家医院。经过十多次手术，他的腿伤终于治愈，便带着一只铝膝盖和意大利政府授予他的两枚勋章，加入了意大利陆军。然而，战争给他心灵造成的创伤是永远难以愈合的，加上他在意大利疗养期间爱上了一位美国护士，可这位护士战后却嫁给了他人，使海明威越发受到了巨大的精神刺激。

1919年初返回家乡，海明威只好重操旧业，到加拿大多伦多《星报》当记者。1921年，他与哈德莉·理查森结婚后，一同赴巴黎担任该报驻法特派记者。在此期间，海明威结识了许多艺术家和知识分子，特别是许多旅居巴黎的美国作家，如格特鲁德·斯泰因、舍伍德·安德森、弗·司各特·菲茨杰拉德、埃兹拉·庞德等。以海明威、菲茨杰拉德等为代表的一批美国青年，或是直接或是间接目睹了人类一场空前的大屠杀，经历了种种苦难，因而对社会、人生大为失望，便通过创作小说描写战争的残酷，表现出一种迷惘、彷徨和失望的情绪。斯泰因称他们为"迷惘的一代"。

海明威的文学创作之路，是从短篇小说和诗歌开始的。1923年，他在巴黎发表了处女作《三个故事和十首诗》，但却没有引起反响。两年后，他又发表了第一部短篇小说集《在我们的时代里》。全书由十八个短篇小说组成，描写主人公尼克·亚当斯从孩提时代到战后带着战争创伤退伍还乡的成长经历，初步显示了海明威凝练、独特的叙事艺术和写作风格，引起了评论界的注意。不过真正使他一举成名的，还是他于1926年发表的第一部长篇小说《太阳照样升起》。小说描写第一次世界大战后一批青年流落欧洲的情景，反映战争给青年一代造成的生理和心理创伤，以及他们对生活和前途的失落感和幻灭感。因此，该书发表后被誉为"迷惘的一代"的代表作，海明威也成为"迷惘的一代"的代言人。

1927年，海明威辞去报社工作，潜心写作，同年发表了第二部短篇小说集《没有女人的男人》，在收入其中的《杀手》《打不败的人》《五万大洋》等著名短篇中，海明威塑造了临危不惧、视死如归的"硬汉性格"的人物，对此后美国通俗文学的发展产生了很大影响。与此同时，海明威着手创作他的第二部长篇小说、也是第一部战争小说《永别了，武器》。1929年，《永别了，武器》终于问世，成为第一次世界大战后美国涌现出来的众多反战小说中最为著名的一部。海明威返美后，先在佛罗里达居住，后侨居古巴，并曾到西班牙看斗牛，到非洲猎狮子，其间发表了多篇短篇小说，最著名的包括《死在午后》（1932）、《非洲的青山》（1935）、《乞力马扎罗的雪》（1936）。1937年，海明威发表了他的第三部长篇小说《有钱的和没钱的》，但不是很成功。同年，海明威再次以记者身份奔赴欧洲，采访西班牙内战，积极支持年轻的共和政府，创作了反对法西斯主义的剧本《第五纵队》（1938）。内战结束后，他回到哈瓦那，于1940年发表了他的第四部长篇小说《丧钟为谁而鸣》。小说以西班牙内战为背景，叙述了美国人乔丹奉命在一支游击队配合下炸桥的故事。跟《永别了，武器》中失去信念、没有理想的悲剧人物亨利不同，乔丹是一个具有坚强信念，并甘愿为之而献身的英雄。由此可见，《丧钟为谁而鸣》反映了海明威在创作思想上的转变，从消极反战到积极投身到正义的战争中去。小说出版后大受欢迎，被誉为"20世纪美国文学中一部真正的英雄史诗"。不过，该书也遭到了评论界的批评，有人指责海明威抛弃了他原先那种凝练、白描、纯净的艺术风格和"冰山"原则，取代的是情感的宣泄和思想的直露，因此《丧钟为谁而鸣》也在一定程度上标志着海明威在创作上走下坡路的开始。

二十世纪四十年代初，海明威曾来中国报道抗日战争。1952年，海明威发表了富有寓意和诗化之美的中篇小说《老人与海》。小说发表后为海明威赢来了巨大的荣誉。1953年，小说获得普利策奖；1954年，瑞典皇家文学院以"精通于叙事艺术，突出地表现在他的近著《老人与海》中，同时也因为他在当代风格中所发挥的影响"为由，授予海明威诺贝尔文学奖。1961年7月2日，海明威自杀身亡。

《老人与海》的基本素材，来自作者1936年4月在《乡绅》杂志上发表的一篇题为"蓝海上：海湾来信"的通讯，其中记述了这样一个故事：一个古巴老渔夫出海捕到一条马林鱼，那条鱼极大，"把小船拖到很远的海上"，两天两夜后，老人才把它钩住。后来遭到鲨鱼的袭击，老人与之展开搏斗，最后"累得他筋疲力尽"，鲨鱼却把能吃到的鱼肉全吃掉了。当渔民们找到老人时，他都"快气疯了"，"正在船上哭"。

经过十多年的酝酿，海明威对这个故事进行了加工和提炼，写成了这样一个故事：一个名叫圣地亚哥的古巴渔夫，接连出海八十四天没有捕到一条鱼，终于在第八十五天钓到一条他有生以来见到的最大的马林鱼。他竭尽全力，经过两天两夜的奋战，终于将大鱼捕获，绑在船边。但是在归途中，遭到鲨鱼的疯狂袭击，老人在疲惫不堪中，与鲨鱼展开了殊死搏斗，虽然杀死了好多鲨鱼，但却失去了鱼叉、船桨和舵柄，自己也受了伤。最后，虽然总算击退了鲨鱼群，可是回到海港时，绑在船边的马林鱼只剩下一副空骨架。老人回到棚屋便倒头睡着了，梦中见到了狮子。

小说中的圣地亚哥是一个在重压下仍能保持优雅风度的老人，一个在精神上不可战胜的硬汉。他具有一般硬汉所共有的勇敢、顽强、百折不挠的特点。在长期令人难以忍受的失败中，他表现出令人难以想象的刚强与坚毅；在与大马林鱼和鲨鱼的殊死搏斗中，他显示了超凡的体力、技艺和斗志。他是明知要失败而不怕失败的英雄，他说："人不是生来要给打败的……人尽可被毁灭，但不可被打败。"他不畏失败的顽强拼搏，昭示了人类那不可摧毁的精神力量。虽然海明威并不承认自己的作品含有什么寓意，但是文学界似乎达成了一个共识：《老人与海》显示了作者高度的艺术概括力，达到了寓言和象征的高度。正是由于这一特色，《老人与海》很可能成为海明威最为不朽的传世之作。

海明威是个文体家，一个独一无二的文体家，而《老人与海》又是最能集中体现海明威艺术风格的代表作。在这部思想深邃、风格纯净的小说中，海明威恢复了他在《太阳照样升起》《永别了，武器》等作品中表现出的那种优雅、紧凑、凝练的写作风格，将他的叙事艺术推上一个新的高峰。

海明威的艺术风格，可以概括成两大特征：一是"冰山"原则，二是"电报式"文体。

海明威曾把文学创作比作漂浮在大海上的"冰山"，认为用文字直接写出来的仅仅是"露出水面的八分之一"，隐藏在水下的占冰山的"八分之七"。一个优秀的作家，就是要以简洁凝重的笔法，客观精确地描绘出意蕴深厚的生活画面，唤起读者根据自己的生活感受和想象力，去开掘隐藏在水下的"八分之七"，对现实生活作出自己的判断。海明威说，他本来可以将《老人与海》写成一部一千多页的巨著，把渔村的每一个人物，以及他们怎样谋生，怎样出生、受教育、生孩子等过程都写进去，但实际上他献给读者的却是不到六十页的一个中篇，有关人物的背景、身世及其相互关系，仅作极其简约的交代，而集中描写老人在海上那场惊心动魄的搏斗，尽量突出主人公的行动和心理，借以彰显他那种历尽千难万险却能屹立不倒的英雄气概。

对于海明威的行文风格，英国作家赫·欧·贝茨有一个精辟之见：自十九世纪亨利·詹姆斯以来一派冗繁芜杂的文风，像是附在"文学身上的乱毛"，被海明威"剪得一干二净"。他说"海明威是一个拿着一把板斧的人"，"斩伐了整座森林的冗言赘词，还原了基本枝干的清爽面目"，"通过疏疏落落、经受过锤炼的文字，眼前豁然开朗，能有所见"。海明威的"电报式"文体，采用结构简单的句子，常是短句，或并列句，用最常见的连接词联结起来。他讨厌大字眼，总是摒弃空洞、浮泛的夸饰性文字，习惯于选用具体的感性的表达方式。他总是保持冷静而克制的笔调，尽量用动作词汇来写，删去不必要的形容词，能用一字则不用两字。

我是 2011 年翻译《老人与海》的，在此之前，我国已出版了该书的二三十个译本，我为什么还要再来一个呢？除了我对原作有一些独到的见解之外，另一个重要的原因，是试图更加忠实有效地再现海明威的风格，向读者奉献一个更有海明威韵味的译本。

概括起来说，我现在的翻译观与前期相比，有三个主要演变和发展：

第一，我做文学翻译的前期，曾信奉这样的观念：译作风格应是"原作风格加上若隐若现的译者风格"。到翻译《老人与海》时，我早已放弃了这个老观念，一心只考虑如何再现作者的风格，而不再讲究自己的特色。也就是说，我要"最大限度地尊重作者，尽量照原作来译"。

第二，在语言的转换上，我曾信奉过"发挥译语的优势"一说，后来逐渐认识到其弊端，便转而在发挥译语的韧性和潜力上下功夫，尽量寻求两种语言的交融互补。

第三，对于作者刻意追求的艺术效果，不能随意舍弃，而应尽量加以再现。

基于这样几个原则，我在翻译《老人与海》的过程中，主要抓住这样几个环节：

一、尽量展现作者用词凝练、干脆、生动的特色。《老人与海》以老人对大马林鱼"追逐——捕获——失去"为主线，展开了跌宕起伏的描写。作者的描写常常从视觉、感觉、听觉和触觉入手，使人物的语言、行动和心理描写以及场景刻画，都达到了惊人的凝练和生动。所以，我尽量模仿作者的用词特征，以小词对小词、以具体传具体，简洁干脆，不事夸饰，更不拖泥带水。

二、尽量采取原文的表意方式。文学翻译，特别是经典文学翻译，不仅要译意（说了什么），而且要重视对表意方式（怎么说）的传译。准确而恰当地传译原文的表意方式，不仅可以更准确地传达原文的意义，而且可以展示原文的艺术美。

三、尽量遵从原文的句法结构。对于诸如描写人物心理活动的句式，我不随心所欲地加以改动，而是尽可能遵循原文的句法结构来译，借以忠实地再现原文所蕴含的思维轨迹和内在节奏。

四、尽量体现原文的陌生化手法。海明威的小说是用英语写就的，读者对象自然是英语读者。但是，小说描写的老人是古巴人，他讲的是西班牙语。于是，作者在书中插入了约二十处西班牙文词语，既借以烘托老人的身份和背景，又通过陌生感来激发兴趣和美感。对于这些外来词语，我完全尊重原文，如数保留西班牙文，并加脚注解释其义。

总之，我希望我这部新译能不同凡响，成为一部最能展示原作艺术风貌的全新译作，读起来完全感受不到译者的存在，似乎是在读一本海明威本人用汉语撰写的作品。当然，契合是文学翻译的最高境界，好的译文不仅能充分传达原作的意蕴，而且丝毫不露生硬拗口的痕迹。

阅读《尤利西斯》那种"天书"般的意识流小说，固然是对读者阅读能力的极大挑战，阅读《老人与海》这种简洁凝练的文字，读者也不见得有多么轻松，因为你要从那简洁到不能再简洁的"八分之一"的描写中，领悟那深藏不露的"八分之七"的深厚意蕴，同样不会是一件轻松的差事。

他是个独自在湾流①一条小船上打鱼的老人，现已出海八十四天，一条鱼也没捉到。头四十天，有个男孩跟他在一起。可是，过了四十天还没钓到一条鱼，孩子的父母便对他说，老人如今准是极端倒霉②，就是说倒霉透顶，那孩子便照他们的吩咐，上了另一条船，头一个星期就捕到三条好鱼。

孩子看见老人每天划着空船回来，心里很难受，总要走下岸去，帮他拿卷起的钓绳，或者鱼钩和鱼叉，还有绕在桅杆上的帆。帆上用面粉袋打着补丁，卷起后看上去像是标志着永远失败的旗子。

老人又瘦又憔悴，后颈上凝聚着深深的皱纹。两边脸上长着褐斑，那是太阳在热带海面上的反光晒成的良性皮肤瘤。褐斑顺着两腮蔓延下去，由于常用绳索拉大鱼的缘故，两手都留下了很深的伤疤。但是这些伤疤中没有一块是新的，全都像没有鱼的沙漠中被侵蚀的地方一样年深月久。

---

① 指墨西哥湾流，系海洋暖流，自墨西哥湾向北沿美国东海岸至纽芬兰与北大西洋水流汇合。
② 西班牙语中有 salado 一词，意为"倒霉的"。古巴当地老百姓使用该词时，发音为 salao，吃掉了浊辅音 d。

他身上的每一部分都是老迈的，除了那双眼睛，它们跟海一个颜色，喜盈盈的，从不认输。

"圣地亚哥，"他们俩从停船的地方爬上岸时，孩子对他说，"我又能跟你出海了。我家挣到了一些钱。"

老人教会了这孩子捕鱼，孩子很爱他。

"别，"老人说，"你跟了一条交好运的船。就跟下去吧。"

"可是你该记得，你有一回接连八十七天钓不到一条鱼，接着我们有三个星期天天都逮到大鱼的。"

"我记得，"老人说，"我知道你不是因为信不过而离开我的。"

"是爸爸叫我走的。我是个孩子，不能不听他的话。"

"我知道，"老人说，"这很正常。"

"他没多大信心。"

"是的，"老人说，"可是我们有。是不是？"

"是的，"孩子说，"我请你到露台酒吧喝杯啤酒吧，然后把东西拿回家。"

"干吗不？"老人说，"都是打鱼的嘛。"

他们坐在露台酒吧，不少渔夫拿老人开玩笑，老人并不生气。另外一些上了年纪的渔夫望着他，心里很难过。但是他们并不流露出来，只是客气地谈论海流，谈论钓绳投入水中的深度、持续不变的好天气以及他们的见闻。当天交了好运的渔夫都已回来，把他们的马林鱼剖开，横放在两块木板上，每块木板的一头由两个人抬着，跟跟跄跄地送到收鱼站，在那里等着冷藏车把它们送往哈瓦那的市场上。捕到鲨鱼的人们把鲨鱼送到海湾对面的鲨鱼加工厂去，吊在带钩的滑车上，除去肝脏，割掉鱼鳍，剥去外皮，把鱼肉切成一条条，以备腌制。

刮东风的时候，从海港那边的鲨鱼加工厂飘来一股腥味；但今天只有一点淡淡的气息，因为风转向了北方，后来又渐渐平息，露台上和煦宜人。

"圣地亚哥。"孩子说。

"唉。"老人说。他握着酒杯，想着多年前的事情。

"我去弄点沙丁鱼来给你明天用好吗？"

"别，你去打棒球吧。我还能划船，罗赫略会替我撒网的。"

"我很想去。我即使不能跟你一起打鱼，也想替你做点事儿。"

"你给我买了一瓶啤酒，"老人说，"你已经是个大人了。"

"你头一回带我上船时，我有多大？"

"五岁，那天我把一条活蹦乱跳的鱼拖上船，它差一点把船撞得粉碎，你也差一点送了命。你还记得吗？"

"我记得鱼尾巴吧嗒吧嗒地直扑打，船上的坐板给打断了，还有你拿棍子打鱼的声音。我记得你把我直往船头上推，那儿放着湿漉漉的钓绳卷，我觉得整条船都在颤抖，听到你噼里啪啦用棍子打鱼的声音，像在砍倒一棵树，我浑身上下散发着一股甜丝丝的血腥味儿。"

"你当真记得那回事呢，还是我告诉你的？"

"打从我们头一回一起出海的时候起，什么事儿我都记得清清楚楚。"

老人用他那常年日炙、充满自信和慈爱的眼睛望着他。

"你要是我的孩子，我就会带你出去闯一闯，"他说，"可你是你爸爸妈妈的孩子，你又跟了一条交好运的船。"

"我去弄沙丁鱼来好吗？我还知道上哪儿去弄四份鱼饵来。"

"我还有我今天剩下来的。我把它们放在盒子里腌上了。"

"我给你弄四条新鲜的来吧。"

"一条。"老人说。他的希望和信心从没消失过，这时就像微风乍起时那样给鼓得更足了。

"两条吧。"孩子说。

"就两条，"老人同意了，"你不是偷来的吧？"

"我倒想去偷，"孩子说，"不过我是买来的。"

"谢谢你。"老人说。他心地单纯，不会去琢磨自己什么时候变得如此谦虚。但他知道他已经变谦虚了，还知道这并不丢脸，也无损于真正的自尊。

"看这海流，明天会是个好日子。"他说。

"你打算上哪儿？"孩子问。

"去得远远的，等风向转了再回来。我想不等天亮就出发。"

"我要设法让他也到远海去打鱼，"孩子说，"这样，你要是钓到一条足够大的鱼，我们就可以来帮你的忙。"

"他不喜欢去太远的地方打鱼。"

"是呀，"孩子说，"不过我能看见他看不见的东西，比如说有只鸟儿在觅食，我就会叫他去追鲯鳅。"

"他的眼睛那么不中用吗？"

"差不多全瞎了。"

"这就怪了，"老人说，"他从没去钓过海龟。那可最伤眼睛啦。"

"可你在莫斯基托海岸^①钓了多年的海龟，你的眼睛还好好的。"

"我是个不同寻常的老头。"

"不过你现在还有力气对付一条真正的大鱼吗？"

"我想还有。再说还有好多诀窍呢。"

"我们把东西拿回家吧，"孩子说，"这样我才能拿了网去捉沙丁鱼。"

他们从船上拿起器具。老人扛着桅杆，孩子拿着木盒，里面盛着卷起来扎得很紧的褐色钓绳，还有鱼钩和带柄的鱼叉。盛鱼饵的盒子连同一根棍子放在船尾下面，那棍子是等把大鱼拖到船边时用来制服它们的。谁也不会来偷老人的东西，不过还是把船帆和粗钓绳拿回家为好，因为露水有害于这些东西，再说老人虽然深信当地人不会来偷他的东西，但他觉得把鱼钩和鱼叉丢在船上总是不必要的诱惑。

他们顺着大路一起走到老人的窝棚，从敞开的门走进去。老人把裹着帆的桅杆靠在墙上，孩子把木盒和其他器具放在桅杆旁边。桅杆差不多跟单间的窝棚一样长。窝棚是用王棕树上名叫 guano^② 的坚硬苞壳搭成的，里面有一张床、一张桌子、一把椅子，泥地上还有一块用木炭烧饭的地方。在这用结实的 guano 纤维板压平了交叠着铺成的褐色墙上，有一幅彩色的耶稣圣心图，还有一幅科布雷圣母图。这都是他妻子的遗物。过去墙上曾挂着

---

① 莫斯基托海岸（Mosquito Coast），洪都拉斯和尼加拉瓜的加勒比海岸地区。
② 西班牙文，系古巴的一种棕榈树。

他妻子的一幅着色照，但是一瞧见就觉得自己太孤单，便把它取下来了，放在屋角的架子上，在他的一件干净衬衫底下。

"有什么吃的?"孩子问。

"有一钵鱼煮黄米饭。要吃点吗?"

"不。我回家吃去。要我给你生火吗?"

"不用。过一会儿我自己来生。要不就吃冷饭算了。"

"我把渔网拿去好吗?"

"当然好。"

其实并没有渔网，孩子还记得是什么时候卖掉的。可是他们每天都要把这戏重演一遍。也没有鱼煮黄米饭，这一点孩子也知道。

"85 是个吉利的数字，"老人说，"你想不想看见我捉到一条收拾好了还有一千多磅①的鱼?"

"我拿渔网逮沙丁鱼去。你坐在门口晒晒太阳好吗?"

"好的。我有昨天的报纸，可以看看棒球消息。"

孩子不知道昨天的报纸是否也是编造的。不过老人还是把它从床底下取出来了。

"佩里科在酒店②给我的。"他解释说。

"我弄到了沙丁鱼就回来。我把你我的鱼一起拿冰镇着，明天早上我们合着用。等我回来了，你给我讲讲棒球消息。"

"扬基队不会输。"

"可我怕的是克利夫兰印第安人队。"

---

① 1 磅约为 0.45 千克。
② 原文为西班牙文：bodega，尤指边饮酒边谈论棒球比赛的酒店。

"相信扬基队吧，孩子。想一想了不起的迪马乔①吧。"

"我怕的是底特律老虎队，也怕克利夫兰印第安人队。"

"当心点，不然你连辛辛那提红人队和芝加哥白袜队都要怕啦。"

"你看看报，等我回来了给我讲讲。"

"你看我们该去买一张末尾是 85 的彩票吗？明天是第八十五天。"

"可以这么着，"孩子说，"不过你以前那张末尾是 87 的了不起的彩票怎么样？"

"这种事儿不会碰上第二遭的。你觉得你能弄一张末尾是 85 的彩票吗？"

"我可以去订一张。"

"订一张，那要两块半。我们向谁去借这笔钱呢？"

"这好办。我总能借到两块半的。"

"我想或许我也能借到。不过我尽可能不去借。先是跟人借，然后就乞讨。"

"穿暖和些，老人家，"孩子说，"记住我们这是九月。"

"正是大鱼游来的时候，"老人说，"在五月，倒是什么人都能打鱼。"

"我这就去捉沙丁鱼。"孩子说。

孩子回来的时候，老人在椅子上睡着了，太阳已经落山了。

---

① 乔·迪马乔（Joe DiMaggio, 1914—1999），出生于旧金山的一个渔民家庭，1936—1951 年效力于纽约扬基队，是当时美国最受追捧的棒球巨星。1954 年与好莱坞著名影星梦露有过一段短暂的婚姻。

孩子从床上拿起一条旧军毯，搭在椅背上，盖住了老人的双肩。这两个肩膀真够奇特的，尽管人很老了，肩膀依然很强健，脖子也依然很壮实，老人睡着了头向前耷拉着的时候，皱纹也看不大出来。他的衬衫不知道补过多少次，弄得就像他那张帆一样，那些补丁被太阳晒得褪成了种种深浅不同的颜色。老人的脑袋非常苍老，眼睛一闭，脸上没有一点生气。那张报纸摆在他的膝头上，给一只胳膊压住了，才没有被晚风吹走。他赤着脚。

孩子这时离开了老人，等他回来时，老人还睡着。

"醒醒吧，老人家。"孩子说，把一只手搭在老人的膝盖上。

老人睁开眼睛，一时间仿佛从遥远的地方刚回来。随即笑了笑。

"你弄到什么了？"他问。

"晚饭，"孩子说，"我们吃晚饭吧。"

"我肚子不大饿。"

"来吃吧。你不能光打鱼不吃饭。"

"我就是这样的。"老人说，一面站起身，拿起报纸叠好，然后又动手折叠毯子。

"把毯子围在身上吧，"孩子说，"只要我还活着，就不能让你不吃饭就去打鱼。"

"那就祝你长命百岁，保重自己，"老人说，"我们吃什么？"

"黑豆米饭，油炸香蕉，还有些炖菜。"

孩子是把这些饭菜放在双层铁盒里从露台酒吧拿来的。他口袋里放着两副刀叉和汤匙，每一副都用餐巾纸包着。

"这是谁给你的？"

"马丁。老板。"

"我得谢谢他。"

"我已经谢过他了，"孩子说，"你不用再谢他了。"

"我要给他一条大鱼肚子上的肉，"老人说，"他不止一次这样帮助我们了吧？"

"我想是这样的。"

"那我要送他比鱼肚子肉更好的东西。他对我们真关心。"

"他还送了两瓶啤酒。"

"我顶喜欢罐装的啤酒。"

"我知道。不过这是瓶装的，阿图埃伊啤酒①，我还要把瓶子送回去。"

"你想得真周到，"老人说，"我们这就吃吗？"

"我就是在让你吃哪，"孩子亲切地说，"不等你准备好，我是不想打开饭盒的。"

"我准备好啦，"老人说，"我只不过要点时间洗一洗。"

你上哪儿去洗呢？孩子想。村里要沿着大路过去两条街才有水。我该为他把水提到这儿，孩子想，还该准备块肥皂和一条干净毛巾。我怎么这样粗心呢？我该给他再弄一件衬衫、一件过冬的外套、一双什么样的鞋子和另一条毯子。

"你拿来的炖菜真棒。"老人说。

"给我讲讲棒球的消息吧。"孩子请求说。

"在美国联盟中，就像我说的，扬基队是最棒的。"老人兴高

_____
① 古巴历史悠久的啤酒品牌。

采烈地说。

"他们今天可输了。"孩子告诉他说。

"那没关系。了不起的迪马乔又恢复状态了。"

"他们队里还有其他队员呢。"

"那当然。不过有他没他不一样。在另一个联盟^①中，布鲁克林队对费城队，我看布鲁克林队准赢。不过我还想着迪克·西斯勒和他在老球场打出的那些好球^②。"

"谁也打不出那么棒的球。我从没见过像他打得那么远的球。"

"你还记得他常来露台酒吧吗？我很想带他去打鱼，可我不好意思向他开口。于是我就叫你去说，可你胆子也太小。"

"我记得。那是个极大的错误。他很可能会跟我们一起去的。那样一来，我们就会有一段终生难忘的回忆了。"

"我很想带那了不起的迪马乔去打鱼，"老人说，"听人说，他父亲就是个打鱼的。也许他当初跟我们一样穷，会领情的。"

"了不起的西斯勒的父亲从没过过穷日子，他父亲像我这么大的年纪时，就在大联赛里打球了。"

"我像你这么大的年纪，就在一条开往非洲的横帆船上当水手了，我还看见狮子傍晚来到海滩上。"

"我知道。你跟我讲过。"

---

① 美国有两大职业棒球联盟，一是美国联盟（American League），一是全国联盟（National League）。美国职业棒球联赛分常规赛和季后赛两个阶段。先由两大联盟各决出一个胜队，再由两队进行总决战，产生两大联盟的最终冠军。
② 迪克·西斯勒（Dick Sisler，1920—1998），美国职棒球员，1946—1951年间效力于费城费城人队，以善于击球得分著称。"老球场"指费城人队的比赛主场。

"我们是谈非洲还是谈棒球?"

"我看还是谈棒球吧，"孩子说，"给我讲讲了不起的约翰·J. 麦格劳①。"他把 J 说成 Jota。

"以前他有时也常到露台酒吧来。不过他一喝酒就变得很粗暴，说话难听，不好相处。他脑子里尽想着赛马和棒球。至少，他不管什么时候口袋里总揣着赛马的名单，常在电话里说到马的名字。"

"他是个了不起的经理，"孩子说，"我爸爸认为他是个顶了不起的经理。"

"那是因为他来这儿的次数最多，"老人说，"要是杜罗切②也每年来这儿，你爸爸就会认为他是顶了不起的经理。"

"说真的，谁是顶了不起的经理，是卢克③，还是迈克·冈萨雷斯④?"

"我想他们不相上下。"

"不过，最棒的渔夫是你。"

"不。我知道还有比我强的。"

---

① 约翰·约瑟夫·麦格劳（John Joseph McGraw，1873—1934），1891 年加盟美国职业棒球联盟，在巴尔的摩金莺队和纽约巨人队效力，1899—1932 年间先后担任这两个队的经理。

② 利奥·厄内斯特·杜罗切（Leo Ernest Durocher，1905—1991），20 世纪 30 年代著名棒球明星，1925—1945 年间先后担任圣地亚哥教士队、辛辛那提红人队、布鲁克林道奇队、纽约巨人队经理。

③ 阿道尔福·卢克（Adolf Luque，1890—1957），生于哈瓦那，1914—1935 年间先后在波士顿勇士队、辛辛那提红人队、布鲁克林道奇队、纽约巨人队打球，后任经理。

④ 迈克·冈萨雷斯（Mike Ganzalez，1890—1977），生于哈瓦那，曾在波士顿勇士队、辛辛那提红人队、圣路易红雀队和纽约巨人队打球，并在 20 世纪 40 年代后期两度担任圣路易红雀队经理。

"别这么说①，"孩子说，"好渔夫多的是，有些还很了不起。不过只有你是最棒的。"

"谢谢你。你的话让我听了高兴。我希望不要来一条大得不得了的鱼，证明我们的说法有问题。"

"只要你还像你说的那样强壮，就不会有那样的鱼。"

"也许我不像我想象的那样强壮，"老人说，"不过我懂得不少诀窍，我也有决心。"

"你该睡觉了，这样你明早才会有精神。我把这些东西送回露台酒吧。"

"那就晚安吧。明早我去叫醒你。"

"你是我的闹钟。"孩子说。

"年纪是我的闹钟，"老人说，"为什么老人醒得这么早？为了白天过得长些吗？"

"我说不上来，"孩子说，"我只知道年少的孩子睡得沉，起得晚。"

"我会记得的，"老人说，"到时候我会叫醒你的。"

"我不愿让他来叫醒我。好像我比不上他似的。"

"我知道。"

"好好睡吧，老人家。"

孩子出去了。他们刚才吃饭时，桌上也没点个灯，老人脱掉裤子，摸黑上了床。他卷起裤子当枕头，把报纸塞在里边。他用毯子裹住身子，躺在床垫弹簧上铺着的旧报纸上睡下了。

---

① 原文为西班牙文：Que va。

他不久就睡着了，梦见了他小时候见到的非洲，漫长的金色海滩和白色海滩，白得刺眼，还有高耸的海岬和褐色的大山。如今他每天夜里都待在那海岸边，在梦中听到海浪在咆哮，看见当地人驾船破浪而行。他睡梦中闻到甲板上柏油和麻絮的气味，闻到早晨陆风送来的非洲气息。

通常，他一闻到陆风就会醒来，穿上衣服去叫醒孩子。可是今夜陆风的气息来得很早，他在梦中知道为时过早，便继续做梦，梦见海岛的白色峰顶从海上升起，然后梦见加那利群岛 ① 各式各样的港湾和锚地。

他不再梦见风暴，不再梦见女人，不再梦见重大事件，不再梦见大鱼、打架和角力，不再梦见他妻子。如今他只梦见一个个地方和海滩上的狮子。狮子在暮色中像小猫一样嬉戏，他像爱那孩子一样爱它们。他从没梦见过那孩子。他就这么醒来，往开着的门外望去，瞄了瞄月亮，打开裤子穿上。他到窝棚外面撒了尿，然后顺着大路走去叫醒孩子。早晨的寒气让他直打哆嗦。但是他知道，打哆嗦会感到暖和些，再说马上就要划船了。

孩子住的那所房子没有锁，他推开了门，光着脚悄悄走了进去。孩子睡在外间屋里的帆布床上，老人借助渐渐隐去的月亮透进来的光亮，可以清楚地看见他。他轻轻地抓住孩子的一只脚，握在手里直至孩子醒来，转过脸来望着他。老人点点头，孩子从床边椅子上拿起裤子，坐在床上穿了上去。

老人走出门，孩子跟在后面。他还很困，老人搂住他的肩膀

---

① 加那利群岛（Canary Islands），大西洋中的群岛，位于非洲西北部沿海，系西班牙属地。

说："对不起。"

"别这么说，"孩子说，"男子汉就该这么干。"

他们顺着路朝老人的窝棚走去，黑暗中，赤脚的渔人扛着他们船上的桅杆在走动。

来到老人的窝棚，孩子拿起放在篮子里的钓绳卷，还有鱼叉和鱼钩，老人扛起了裹着帆的桅杆。

"想喝咖啡吗？"孩子问。

"咱们先把器具放到船上，再去喝点咖啡。"

他们在一家供应渔人的早餐店里，喝着盛在炼乳罐里的咖啡。

"你睡得怎么样，老人家？"孩子问。他现在渐渐醒过来了，虽说要完全赶走睡意还不大容易。

"睡得挺好，马诺林，"老人说，"我觉得今天挺有把握。"

"我也一样，"孩子说，"现在我去拿你和我的沙丁鱼，还有你的新鲜鱼饵。我们家的器具他自己去拿。他从不让别人拿什么东西。"

"我们可不一样，"老人说，"你才五岁我就让你拿东西了。"

"我知道，"孩子说，"我马上回来。再喝杯咖啡吧。我们在这儿可以挂账。"

他走开了，光着脚踩在珊瑚岩上，向存放鱼饵的冷库走去。

老人慢慢地喝着咖啡。这是他今天一整天的饮食，他知道应该把它喝下去。近来他一直厌倦吃饭，因此从来不带午饭。他在船头放一瓶水，他一天靠这就够了。

这时孩子拿着沙丁鱼和包在报纸里的两份鱼饵回来了，两人便踩着夹有卵石的沙地，顺着小路向小船走去。他们抬起小船，把它推下水去。

"祝你好运，老人家。"

"祝你好运。"老人说。他把桨索系在桨栓上，然后俯身向前，借着桨叶在水中的推力，在黑暗中把船划出港去。别处海滩上也有船只往海上驶去，这时月亮已经落到山后面，老人虽然眼睛看不见那些船，却能听见木桨入水和划动的声音。

时而有的船上有人在说话。但是除了桨声外，大多数船上都静悄悄的。出了港口，船只便四散开来，向可望捕到鱼的海面驶去。老人知道自己要划向远方，把陆地的气息抛在身后，驶进大洋早晨清新的气息里。他划过一片水域时，看见果囊马尾藻发出的磷光，渔夫们管这片水域叫做大井，因为这儿海深突降到七百英寻①，海流冲击在海底峭壁上激起了漩涡，因此各种鱼类都在此汇集。在那最深的海底洞穴里，聚集着小虾和饵鱼，有时还有成群的枪乌贼，它们在夜间浮近水面，在周围游荡的鱼都以它们为食。

在黑暗中，老人能感觉到早晨在来临，他边划边听到飞鱼出水时的颤动声，还有它们在黑暗中凌空而去时直挺挺的胸鳍发出的嘶嘶声。他非常喜欢飞鱼，因为它们是他在大海上的主要朋友。他为鸟儿感到难过，特别是那些娇小的黑燕鸥，它们总是在飞翔，在寻觅，却几乎总是一无所获，于是他想："鸟儿除了海盗鸟和壮实的大鸟以外，日子过得比我们还要苦。既然大海如此

---

① 1 英寻约为 1.8 米。

残暴，为什么像海燕那样的鸟都给弄得如此柔弱、如此纤细呢？大海是仁慈的，也很美丽。但是她又能变得非常残暴，而且来得非常突然，那些飞鸟扑下来觅食，发出细声细气的哀鸣，它们生来就柔弱得不适宜在海上生活。"

他总是把海视为 La mar [①]，这是人们喜爱大海时用西班牙语对她的称呼。有时候喜爱大海的人也说她的坏话，不过说起来总是把她当作女性。有些年轻的渔夫用浮标当钓绳的浮子，并把鲨鱼肝卖了好多钱置备了汽艇，都把大海称作男性的"El mar"。他们把大海说成是竞争对手，或者是一个去处，甚至是一个敌人。不过老人总是把大海当作女性，当作赐予或不赐予大恩的主，她要是做出什么粗暴或可恶的事，那是因为她情不自禁。月亮撩动大海，就像撩动女人一样，他想。

他沉稳地划着，并不觉得费力，因为他远没有超过他平常的速度，而且除了海流偶尔打个漩儿之外，海面是平平静静的。他让海流替他做三分之一的活，天快亮的时候，他发现他已经划到了比他预期此刻所能达到的更远的地方了。

我在那深渊里折腾了一个星期，可是一无所获，他想。今天我要找到鲣鱼群和长鳍金枪鱼群，也许会有一条大鱼跟它们在一起呢。

天还没有大亮，他就放出了鱼饵，让船随着海流漂移。一个鱼饵下沉到四十英寻。第二个下沉到七十五英寻，第三个和第四个分别下沉一百英寻和一百二十五英寻的蓝色海水中。每个鱼

---

① 西班牙文，mar 意为"海洋"，La 是阴性定冠词，下文的 El mar 意为"阳性海洋"。

饵都是头向下垂着，钓钩的钩身扎在饵鱼体内，系得紧紧的，缝得牢牢的，因此钓钩的所有突出部分，包括钩弯和钩尖，都裹在新鲜的沙丁鱼里。每条沙丁鱼都用钓钩穿过双眼，于是那双眼便在突出的钢钩上构成了半个花环形状。整个钓钩，大鱼所能接触到的部位无不喷香可口。

孩子给了他两条新鲜的小金枪鱼，或者叫长鳍金枪鱼，都像铅锤似地挂在两根最深的钓绳上；在另外两根钓绳上，他挂上一条大青鲹和一条黄狗鱼，这两个钓饵以前都用过，不过都还完好无损，而且还有上好的沙丁鱼给它们增加了香味和诱惑力。每根钓绳都像支大铅笔那么粗，缠在一根被侵蚀得发绿的钓竿上，只要鱼朝鱼饵上一拉或一碰，钓竿就会往下沉，每根钓绳都有两个四十英寻长的钓绳卷，还可以接到别的备用钓绳卷上，因此，如有必要，可以让一条鱼拖出三百多英寻长的钓绳。

这时老人注视着架在船边的三根钓竿，一边缓缓地划着桨，使钓绳保持直上直下，还要保持应有的深度。天大亮了，太阳随时会升起来。

太阳淡淡地从海上升起，老人看得见别的船只低低地伏在水面上，离海岸很近，散布在海流四处。随后太阳更亮了，耀眼的光芒照射在水面上，接着太阳完全升起来，平坦的海面把阳光反射到他眼里，两眼刺得厉害，他便把目光移开，只管划下去。他俯视着水中，望着直伸到黑沉沉深水里的钓绳。他把钓绳保持得比什么人的都直，这样，在黑暗的海流的每个层面，都有一个鱼饵恰好放在他所希望的位置，等着游到那儿的鱼来吃。别的渔夫让钓绳随着海流漂移，有时钓绳只在水下六十英寻，那些渔夫却以为已经入水一百英寻。

不过，他想，我把钓绳放在准确的位置。只不过我不再走运了。可是谁说得准呢？也许今天行。每天都是个新日子。走运当然好。不过我宁愿搞得准确一些。这样，运气来的时候，你就有准备了。

这时太阳升起了两个小时，朝东看已经不那么刺眼了。眼下只望得见三条船，显得非常矮小，远在近岸的海面上。

我这一辈子，早上的太阳总是很刺眼，他想。不过，我的眼睛还是好好的。傍晚，我可以直盯着太阳，眼睛也不会发黑。阳光在傍晚还更强些，不过在早上才会刺痛眼睛。

就在这时，他看见一只军舰鸟鼓着长长的黑翅膀在他前方的天空盘旋。它倏地斜着后掠的双翅俯冲下去，然后又盘旋起来。

"它准是盯上了什么，"老人大声说道，"不仅仅是在搜寻。"

他缓慢而沉稳地朝那鸟盘旋的地方划去。他划得并不急，使钓绳保持上下垂直。不过他有点靠近海流，因而还能保持正确的捕鱼方式，若不是想利用那只鸟的话，他的动作可能要慢些。

那鸟往空中飞得高些了，又盘旋起来，双翅一动不动。它随即蓦地俯冲下来，老人看见飞鱼从水中跃起，拼命地掠过水面。

"鲯鳅，"老人大声说道，"大鲯鳅。"

他收起船桨，从船头下面取出一根细钓绳。钓绳上有一条金属接钩绳和一个中号钓钩，他往钩上装了一条沙丁鱼，把钓绳从船舷上放下去，然后把它系在船尾带环的螺栓上。接着他又给另一根钓绳装上了鱼饵，把它成卷地放在船头的阴影里。他又划起船来，望着那只长翅膀的黑鸟这时正低低地在水面上觅食。

他望着望着，那鸟又斜着翅膀往下冲去，然后疯狂而徒劳地

18

拍动翅膀去追逐飞鱼。老人能看见海面微微鼓了起来，那是大鲯鳅追逐逃命的飞鱼时搅起来的。鲯鳅顺着飞鱼的飞行路线，在下面破浪而行，等飞鱼一落下，就迅疾地扎进水里。这是一大群鲯鳅，他想。它们撒得很开，飞鱼很难有机会逃脱。那只鸟也没有机会。飞鱼对它来说太大了，而且又飞得太快。

他望着飞鱼一再冲出水面，望着那只鸟一次次徒劳的行动。那群鲯鳅已经跑开了，他想。它们跑得太快太远了。不过，也许我能逮住一条离群的，也许我的大鱼就在它们周围。我的大鱼一定在什么地方。

这时陆地上空涌起了山一般的云，海岸已变成了一长条绿色的线，背后是些灰蓝色的小山。海水现在变成了深蓝色，深得几乎发紫。他低头朝海里望去，看见黑暗的水里散布着斑斑点点的红色浮游生物，也看见了太阳这时映出的奇异光彩。他注视着他的钓绳，看见它们笔直没入水中看不见的地方，他很高兴看到这么多浮游生物，这意味着有鱼。这时太阳升得更高了，它在水中变幻出奇异的光彩，说明天气会很好，陆地上空云彩的形状也说明了这一点。但是那只鸟现在几乎没影了，水面上什么东西也见不到，只有几片黄色的、被太阳晒得发白的马尾藻，还有一只僧帽水母那紫色的、具有一定形体的、像彩虹似的胶质泡囊，在贴着船边漂浮。那泡囊侧向一边，然后又竖直了。它像个气泡似的兴高采烈地漂浮着，它那长长的紫色毒丝在水里拖了一码长。

"坏水 ①，"老人说，"你这婊子。"

---

① 原文为西班牙文：Agua mala，此处是加勒比海一种僧帽水母的俗名，这种水母的触手含有毒液。

他从轻轻划桨的地方朝水里望去，看见像拖着的触须一样颜色的小鱼，在那些触须之间和泡囊漂浮时所投下的小小阴影里游动着。小鱼不会受到毒害。可是人就不同了，老人往上拽鱼的时候，要是有些触须缠在钓绳上，让紫色的黏液粘在上面，他的胳臂和手上就会出现伤痕和肿痛，就像碰上毒藤或毒漆树一样。但是这"坏水"的毒素发作得很快，痛得像挨鞭子抽。

彩虹似的泡囊非常美。可它们又是海里最虚假的东西，老人就爱看大海龟把它们吃掉。海龟一看见它们，就从正面向它们逼近，然后闭上眼睛，身子完全藏进背甲里，把它们连同触须一并吃掉。老人爱看海龟把它们吃掉，也爱等风暴过后在海滩上踩踏它们，听到他长着老茧的硬脚板踩上去时发出砰的爆裂声。

他喜欢绿色海龟和玳瑁，它们姿态优雅，速度快，价值高。他对又大又笨的蠵龟抱着友好而轻蔑的态度，它们长着黄色的甲壳，有着奇特的做爱方式，闭上眼睛兴致勃勃地吞食僧帽水母。

虽然他在捕龟船上干了多年，他对海龟并没有什么神秘主义的想法。他为所有的海龟伤心，甚至包括那些跟小船一样长、重达一吨的大梭龟。人们对海龟大多是冷酷无情的，因为海龟被剁开宰杀之后，它的心脏还要跳动好几个钟头。可是老人心想：我也有这样一颗心脏，我的手脚也跟它们的一样。他吃白色的龟蛋，好给自己长力气。他五月份整整吃了一个月，以便在九十月份变得身强力壮，去对付真正的大鱼。

他每天还到许多渔夫存放渔具的窝棚里，从大桶里舀一杯鲨鱼肝油来喝。那肝油就放在那里，渔夫们谁要喝就喝。多数渔夫都讨厌那味道。不过那味道并不比早起更叫人难受，而且喝下去还可以预防伤风感冒，对眼睛也有好处。

这时老人抬头望去，看见那只鸟又在盘旋了。

"它找到鱼啦。"他大声说道。可是没有飞鱼冲出水面，也没有饵鱼四散逃奔。然而老人正望着，一条小金枪鱼突然跃向空中，转了个身，头朝下落进水里。金枪鱼在阳光下闪烁着银光，等它掉回到水里，又有一条接一条的金枪鱼跃出水面，朝四面八方跳去，搅得水花四溅，跳出好远去追饵鱼。它们围着小鱼转，跟在后面追赶。

要不是它们跑得太快，我会逮住它们的，老人想。他眼看着鱼群把水搅成白色，那鸟这时也俯冲下来，扑到小鱼群里，那些小鱼在惊慌中被迫浮上水面。

"这鸟帮了大忙。"老人说。就在这时，他在船尾往脚上绕了个圈的那根钓绳突然绷紧了。他放下桨，紧紧抓住钓绳，动手往船里拉，感到小金枪鱼在颤悠悠地拽动。他越往里拉，鱼就拽动得越厉害，这时他能看见水里蓝色的鱼背和金灿灿的两侧，然后用力一甩，把鱼拽过船舷，扔进船里。鱼躺在船尾的阳光里，身子结实，形状像颗子弹，直瞪着两只迟钝的大眼睛，那条灵巧利落的尾巴噼里啪啦地拍打着船板，到后来一点力气也没有了。老人好心地敲击它的脑袋，用脚踢它，它的身子还在船尾的阴暗处抖动。

"长鳍金枪鱼，"他大声说道，"做鱼饵可棒了。能有十磅重。"

他记不得他独自一个人时，是从什么时候开始大声说话的。以前他独自一人曾唱过歌，有时候在夜里唱，那是轮到他独自在小渔船或捕龟船上值班掌舵的时候。他大概是在那孩子走了以后，才在独自一人时开始大声说话的。不过他记不清了。他跟孩子一块打鱼时，通常只在必要的时候说说话。他们在夜间说话，或者天气不好，被暴风雨所困的时候。在海上没有必要就不说话，这被视为一种优点，老人一向这么看，也加以遵从。可是现在他已经多次大声说出了自己的心里话，反正没有人会受到他的打扰。

"别人要是听见我在大声说话，还会以为我疯了，"他大声说道，"不过既然我没有疯，我也就不在乎。有钱人在船上有收音机跟他们说话，还给他们带来棒球消息。"

现在可不是想棒球的时候，他想。现在只能想一件事。就是我生来要干的事。那个鱼群周围可能有一条大鱼，他想。我只是在捕食的长鳍金枪鱼中捉到一条离群的鱼，不过它们游得太远、太快了。今天凡是露出海面的，都游得很快，都朝东北方向。难道一天的这个时候都是这样吗？要不就是我摸不透的一种天气征兆吧？

这时他看不见绿色的海岸了，只看得见蓝色山峦的山顶，看上去白茫茫的，仿佛覆盖着白雪，还能看见那上空的云彩，看上去像是高耸的雪山。海水黑魆魆的，阳光在水中映出五彩斑斓的光柱。那不计其数的斑斑点点的浮游生物，这时被高空的太阳照射得都看不见了，老人把他的钓绳垂直下到一英里①深的水中，所能看到的只是蓝色海水深处那巨大的光彩夺目的光柱。

金枪鱼（渔夫们把这类鱼统称为金枪鱼，只在把它们出售或者拿来换鱼饵时，才叫它们各自的正式名称）又沉下去了。这时

---

① 1 英里约为 1.6 公里。

22

太阳热了起来，老人觉得脖颈上热辣辣的，他一边划船，一边感到汗水沿着脊背往下淌。

我大可让船随波逐流，他想，只管睡去，把钓绳打个扣套在脚趾上，有动静就把我弄醒。不过今天是第八十五天，这一天我得好好钓鱼。

就在他两眼瞅着钓绳的时候，他看见露出水面的一根绿色钓竿猛地沉入水中。

"好啊，"他说，"好啊。"说着便放好船桨，一点也没撞着船。他伸手去拉钓绳，把它轻轻地捏在右手拇指和食指之间。他觉得钓绳并没有拉紧，也没有什么分量，便轻轻地抓着。接着钓绳又往下一沉。这一次是试探性的一拉，拉得既不猛又不重，这下他可完全明白是怎么回事了。在一百英寻的水下，一条马林鱼正在吃包着钩尖和钩身的沙丁鱼，这个手工制作的钓钩是从那条小金枪鱼的头部穿出来的。

老人灵巧地抓着钓绳，用左手把它从竿子上轻轻地解下来。这时他可以让它在他指间滑动，而不让鱼感到丝毫的拉力。

在这么远的地方，长到这个月份，这一定是一条好大的鱼，他想。吃吧，鱼儿。吃吧。请吃吧。多么新鲜啊，你却躲在六百英尺①深的黑漆漆的冷水里。从黑暗里再转个身，回来把它们吃了吧。

他感到轻微的一拉，接着是较重的一拉，一定是沙丁鱼的头很难从钩子上扯下来。随后便没有动静了。

———————————————

① 1 英尺约为 0.3 米。

"来吧，"老人大声说道，"再转回身来。闻一闻。不是挺鲜美吗？趁着鲜美的时候吃下去，回头还有金枪鱼呢。又结实，又清爽，又鲜美。别怕难为情，鱼儿。吃吧。"

他把钓绳捏在拇指和食指中间，一边等待，一边盯着那根钓绳，同时也盯着别的钓绳，因为鱼可能游上游下。接着又是同样轻微的一拉。

"它会吃下去的，"老人大声说道，"上帝帮忙让它吃下去吧。"

可是它并没吃下去。它走开了，老人什么也感觉不到了。

"它不会走掉的，"他说，"天知道它是不会走掉的。它不过是转个弯罢了。也许它以前上过钩，现在还有点记忆。"

随即他觉得钓绳轻轻地动了一下，便高兴起来。

"它刚才只是转个身，"他说，"它会上钩的。"

感受到这轻微的扯动，他心里很高兴，接着他又感到猛地一拉，力量大得让人难以置信。这是来自鱼的分量，他就松手让钓绳往下滑，往下滑，再往下滑，把两卷备用钓绳中的一卷全放下去了。钓绳从老人的手指间轻轻滑下去的时候，他依旧感到巨大的分量，虽然他的拇指和食指几乎感觉不到什么拉力。

"好大的鱼啊，"他说，"它把它斜叼在嘴里，正带着它跑呢。"

它会转过身来把它吞下去的，他想。他没把这话说出来，因为他知道，好事一旦说出口，就不会成真了。他知道这是条好大的鱼，便猜想它嘴里横衔着金枪鱼，在黑暗中游开去。这时他觉得那鱼停止不动了，可是分量依然还在。接着分量加重了，他就再放出一点钓绳。他把拇指和食指捏紧了一下，钓绳上的拉力增加了，一直传到水底下。

"它咬住啦，"他说，"现在我要让它吃个痛快。"

他让钓绳从指间滑下去，同时伸出左手，把两卷备用钓绳松开的一头系在另一根钓绳的两个备用卷的环扣上。他现在准备好了。眼下除了他正在使用的那个钓绳卷，他还有三个四十英寻长的钓绳卷。

"再吃一点吧，"他说，"好好地吃吧。"

吃下去吧，好让钓钩的尖头戳进你的心脏，把你弄死，他想。大大方方地上来吧，让我把鱼叉扎进你身上。得啦。你准备好了吗？你进餐的时间够长了吧？

"来吧！"他大声说道，用双手猛拽钓绳，收进了一码，然后又拽了又拽，使出全部的臂力，拿浑身的重量作为支撑，两臂轮换拽动钓绳。

丝毫没用。那鱼只管慢慢地游去，老人连一英寸也拽不上它来。他的钓绳很结实，是用来钓大鱼的，他把它贴在背上拽得紧紧的，上面都溅出水珠来。后来钓绳在水里慢慢发出一阵丝丝的声音，但他依旧抓住不放，坐在坐板上鼓起劲硬撑着，仰着身子来抵消鱼的拉力。船慢慢向西北方移动。

大鱼沉稳地游着，小船在平静的海面上缓缓移动。别的鱼饵还在水里，可是一点办法也没有。

"我要是有那孩子就好了，"老人大声说道，"我给一条鱼拖着走，变成一根系缆桩。我可以把钓绳系牢，不过那样一来，那鱼就会把它扯断。我得拼命拉住它，它要钓绳的时候，就给它放长些。感谢上帝，它还在向前游，没有往下钻。"

如果它非要往下钻，我该怎么办，我不知道。如果它潜到海底死了，我该怎么办，我也不知道。不过我得想出点办法来。我的办法多着呢。

他贴着背拽住钓绳，望着它斜着穿入水中，小船不停地向西北方驶去。

这会要它的命的，老人想。它不可能永远撑下去。可是四个钟头后，那鱼照样拖着小船，不停地向远海游去，老人依旧紧紧地拉住拷在背上的钓绳。

"我是中午钓上它的，"他说，"可我一直还没看见过它。"

他在钓住这条鱼之前，就把草帽拉下来，紧扣在脑袋上，把脑门勒得好痛。他还觉得口渴，于是便跪下双膝，一面当心不要拽动钓绳，一面尽量朝船头爬去，然后伸出手去拿水瓶。他打开瓶盖，喝了一点水。然后便靠着船头歇息。他坐在从桅座上卸去的桅杆和帆上，竭力不去想什么，只管坚持下去。

然后他回头瞧了瞧，发现陆地已经见不到影了。这没有关系，他想。我总能借着哈瓦那的灯火回到家。离太阳落下还有两个钟头，也许不到那时它就浮上来了。如果到这时还不行，也许月出时会上来。如果这时还不行，也许日出时就上来了。我没有抽筋，觉得有的是力气。倒是它的嘴给钩住了。不过拉力这么大，该是多大的一条鱼啊。它的嘴一定被钓钩紧紧地钩住了。真想能看到它啊。真想哪怕看它一眼，也好知道我碰到的是什么样的对手。

老人凭着观察星星，就能看出那鱼一整夜都没有改变路线和方向。太阳落下后，天气变冷了，老人的脊背、胳膊和老腿上的汗晾干了，觉得凉丝丝的。白天，他把盖在鱼食盒上的麻袋取下，摊在太阳下面晒干。太阳落下去以后，他用它裹住他的脖颈，让它披在脊背上，然后小心翼翼地把它塞在斜挎在肩上的钓绳下面。有麻袋垫着钓绳，他就可以俯身向前靠在船头上，这样差不多可以算是舒服了。这种姿势其实只能说是勉强好受一点，可他却认为几乎可以算是舒服了。

我拿它没办法，它也拿我没办法，他想。它只要这样撑下去，我们谁也奈何不了谁。

有一次他站起身，往船舷外面小便，然后望望星斗，查看一下航向。钓绳从他肩上直垂下去，看上去像一道磷光。这时他们的行动放慢了，哈瓦那的灯火也不那么辉煌了，于是他知道海流一定在载着他们往东去。要是看不见了哈瓦那的灯火，我们一定是到了更东的地方，他想。因为，要是鱼的路线保持不变的话，我一定还可以看到好几个钟头的灯火。我还不知道今天棒球大联赛的结果怎么样，他想。干一行的有一台收音机该多美。接着他又想，老是想这玩意。想想你正在干的事吧。你可不能干傻事。

随即他又大声说道："我要是有那孩子在就好了。可以帮帮我，看看这光景。"

人上了年纪可不能孤零零的，他想。不过这又是不可避免的。要想身强力壮，我得记住趁金枪鱼没坏的时候把它吃掉。记住，不管你多么不想吃，你还得在早上把它吃掉。记住，他对自己说。

夜间，两条海豚游到小船附近，老人能听见它们在翻腾、喷水。他能分辨出雄海豚喷水声音喧嚣，雌海豚喷水好像叹息。

"它们都挺不错，"他说，"一起玩耍、戏闹，相亲相爱。它们像飞鱼一样，都是我们的兄弟。"

随即他可怜起给他钓住的那条大鱼来。它真了不起，真奇特，谁知道它有多大岁数了，他想。我从没见过这么壮的鱼，也没见过行为这么奇特的鱼。也许它太聪明了，不肯跳出水来。它只要一跳，或是猛地一冲，就会要我的命。不过，也许它以前上过好几次钩，知道它就应该这样对抗。它不会知道它的对手只有一个人，也不知道他是个老人。不过它是多大的一条鱼啊，它的肉要是好的话，在市场上能卖多少钱啊。它吃起鱼饵来像条雄鱼，拖起钓绳来也像雄鱼，对抗起来一点也不惊慌。不知道它有没有什么计划，还是跟我一样准备拼命？

他想起了有一次他钓到一对马林鱼中的一条。雄鱼总是让雌鱼先吃东西，而那条上了钩的雌鱼就疯狂地、惊慌失措地、没命地挣扎起来，不久就筋疲力尽了，这时雄鱼始终跟着它，从钓绳旁边穿来穿去，陪它在水面上一起打转。它靠得太近，老人生怕它用尾巴把钓绳劈断，那尾巴像大镰刀一样锋利，大小和形状也跟大镰刀差不多。老人用鱼叉把雌鱼叉住，拿棍子敲击，抓住边缘像砂纸一样的剑形长嘴，又朝它的头顶打去，直打得它身上的颜色变得跟镜背的颜色差不多，然后那孩子帮他把它拖上了船，那雄鱼一直守在船边。接着，就在老人收拾钓绳、拿起鱼叉的时候，那条雄鱼从船边高高地跃到空中，看看雌鱼在什么地方，然后落下去钻进深水里，它那淡紫色的翅膀，也就是它的胸鳍，大张了开来，它身上所有的淡紫色宽阔条纹都露出来了。老人记得它很美，而且一直守着不走。

这是我看到的最让人伤心的情景了，老人想。孩子也很伤心，于是我们请求它原谅，马上把它宰了。

"那孩子在这儿就好了。"他大声说道，随即把身子靠在船头的圆板上，通过斜挎在肩头的钓绳，感到了大鱼的力量，它正朝它所选择的方向稳稳地游去。

由于上了我的当，它也就不得不做出选择了，老人想。

它的选择就是待在黑暗的深水中，远远避开一切诱惑、陷阱和诡计。我的选择是到什么人都没去过的地方找到它。到那世界上什么人都没去过的地方。现在我们已经拴在一起了，从中午起就是这样。我们俩谁也没有帮手。

也许我不该当渔夫，他想。不过我生来就是干这一行的。我一定要记住，天亮后把那条金枪鱼吃掉。

天还没亮的时候，有什么东西咬住了他背后的一个鱼饵。他听见钓竿啪的折断了，钓绳从船舷上往外急速滑去。他在黑暗中拔出刀子，用左肩承受着大鱼的所有拉力，向后仰着身子，抵着舷板把钓绳割断。接着他又把离他最近的一条钓绳割断，摸黑把两个备用钓绳卷的活头系紧。他用一只手熟练地打着结，一只脚踩住钓绳卷，把结子拉得紧紧的。现在他有六盘备用钓绳卷了。刚才给他割断鱼饵的两根钓绳，每根都有两卷备用钓绳，加上被大鱼咬住鱼饵的那根上的两卷，全都系在一起了。

等天亮了，他想，我要回过头来解决四十英寻深处的鱼饵，把它也割断，把备用的钓绳连起来。我要损失两百英寻长上好的加泰罗尼亚① 钓绳② ，还有钓钩和接钩绳。这些都是可以替代

---

① 原文 Catalan，又称 Catalonia，西班牙古地区名，现为东北部四省。
② 原文为西班牙文：cardel。

的。但是，如果我钓上了别的鱼，却让这条鱼跑了，那么谁来替代它呢？我不知道刚才上钩的是什么鱼。可能是马林鱼，或者是剑鱼，或者是鲨鱼。我压根儿摸不透它。我不得不赶快把它处理掉。

他大声说道："我要是有那孩子在就好了。"

可是孩子并不在这儿，他想。你只是孤身一人，现在最好还是回到最后一根钓绳那儿，不管天黑不黑，把它割断，系上那两卷备用钓绳。

他就这么做了。摸黑干可不容易，有一次那鱼掀起一道大浪，把他脸朝下拖翻在地，眼睛下面划破了一道口子。血从他的脸颊上淌下来，不过没流到下巴就凝结、干掉了，于是他硬撑着走回到船头，靠在木板上。他整了整麻袋，谨慎地把钓绳挪到肩膀的另一个地方，用双肩把它撑住，小心地试了试鱼的拉力，然后把手伸进水里感受一下小船的行进速度。

不知道那鱼刚才为什么要那样拽动，他想。钓绳一定在它高高隆起的脊背上滑来滑去。当然它的脊背不会像我的这样痛。不过，不管它有多么了不起，它总不能永远拖着这条小船。现在，凡是会招来麻烦的东西都清理掉了，我还有好多备用的钓绳；一个人所能要求的也不过如此吧。

"鱼呀，"他温和地大声说道，"我至死也要缠住你不放。"

我想它也会缠住我不放的，老人想。于是他就等着天亮。眼下正当快要破晓的时分，天气冷飕飕的，他紧抵着木船舷取暖。它能撑多久我就能撑多久，他想。在黎明的曙光中，钓绳往外伸展着，朝下钻进水里。小船沉稳地移动着，太阳一露边，阳光就照射在老人的右肩上。

"它在往北游。"老人说。海流要把我们远远地往东漂去，他想。我倒希望它顺着海流转。那就说明它疲倦了。

等太阳再升高些，老人才意识到那鱼没有疲倦。只有一个有利的征兆。钓绳的斜度说明它在较浅的地方游动。这并不一定意味它会跳。不过它也可能会跳。

"上帝让它跳吧，"老人说，"我有足够的钓绳对付它。"

要是我能把钓绳稍微拉紧一点，也许它会痛得跳起来，他想。既然是白天了，就让它跳吧，这样它那沿着脊骨的气囊里就会充满空气，它也就没法钻到海底去死了。

他极力想拉紧些，可是自从他钓上这条鱼以来，钓绳已经绷紧到快要折断的地步，他向后仰着身子来拉的时候，只觉得硬邦邦的，就知道没法拉得更紧了。我再也不能猛拉了，他想。猛拉一次，就会把钓钩划出的口子拉宽一些，等鱼一跳，就会把钩子甩掉。不管怎样，太阳出来后感觉好多了，这下我不用盯着它看了。

钓绳上挂着黄色的海藻，不过老人知道这只会给鱼增加阻力，心里觉得很高兴。夜里发出闪闪磷光的，就是这种黄色的马尾藻。

"鱼呀，"他说，"我爱你，还很尊敬你。不过今天天黑之前，我要把你杀死。"

但愿如此，他想。

一只小鸟从北面朝小船飞来。那是只刺嘴莺，在水面上低低地飞着。老人看得出它已非常疲惫。

小鸟飞到船尾，在那儿歇一歇。接着它又绕着老人的头顶飞旋，随即落在钓绳上，觉得那儿舒服些。

"你多大了？"老人问小鸟，"这是你第一次出游吧？"

他说话的时候小鸟望着他。它太疲惫了，也顾不上查看那钓绳，就用两只纤细的小脚紧紧抓住，在上面晃来晃去。

"稳着呢，"老人对它说，"太稳当啦。夜里也没有风，你不该这么疲倦呀。鸟儿们都怎么啦？"

因为有老鹰，他想，飞到海上来捉它们。但是他没对小鸟说这话，反正它也听不懂，而且很快就会领教老鹰的厉害了。

"好好休息一下，小鸟，"他说，"然后再去闯一闯，碰碰运气，像所有的人、鸟、鱼那样。"

他的脊背夜里发僵，眼下真有些痛。说说话提起了他的精神。

"鸟儿，你要是愿意，就待在我家吧，"他说，"很抱歉，我不能趁眼下刮起的小风，扯起帆来把你带回去。不过我总算有个朋友陪伴了。"

就在这当儿，那鱼突然猛地一拽，把老人拖倒在船头上，要不是他硬撑住了，放出一段钓绳，他准给拖到海里去了。

钓绳给猛地一拉，小鸟就飞了起来，老人甚至没有看见它飞走。他用右手小心翼翼地摸摸钓绳，发现手上在流血。

"那它是给什么东西弄痛了。"他大声说道，一面把钓绳往回拉，看看能不能叫鱼转回来。但是拉到快绷断的时候，他就稳稳地拽住，身子往后仰去，靠着拉紧的钓绳。

"你现在觉得痛了吧，鱼儿，"他说，"上帝为证，我也觉得痛啊。"

这时他朝四下寻找那只鸟，因为他喜欢有它做伴。可是小鸟已经飞走了。

你没待多久啊，老人想。不过，在你没有飞上岸以前，你飞到哪儿都会是风狂浪涌的。我怎么会让那鱼猛地一拉，就把手划破了呢？我一定是太笨了。也许是因为我光顾得看那小鸟，一心想着它。现在我要专心干我的活儿，然后还要把金枪鱼吃下去，这样才不会没力气。

"那孩子在这儿就好了，还要有点盐就好了。"他大声说道。

他把钓绳的重量移到右肩上，小心翼翼地跪下来，放到海水里去洗手，把手在水里浸了一分多钟，望着血在水中一缕缕地漂去，而海水随着小船的移动在他手上不停地拍打。

"它游得慢多了。"他说。

老人本想把他的手在咸水中多浸一会儿，但是又怕那鱼再突然猛地一拽，于是他站起身，打起精神，举起手来挡住太阳。他不过是被钓绳勒得割破了肉，可割破的正是手上最用劲的地方。他知道事情没完之前他还需要这双手，不想事情还没开始就负伤。

"好啦，"等手晒干了，他说，"我该吃小金枪鱼了。我可以拿鱼钩把它钩过来，在这儿舒舒服服地吃。"

他跪下去，用鱼钩在船尾下钩到了金枪鱼，留心不让它碰到钓绳卷，把它钩到自己身边来。他再次用左肩挎着钓绳，用左手和左臂撑住身子，从鱼钩上取下金枪鱼，再把鱼钩放回原处。他用一只膝盖压住鱼身，从头颈到尾巴纵向割下去，割下一条条深红色的肉来。这些肉都给切成了楔形，从靠近脊骨的地方一直割到肚子边。他切好了六条，把它们摊在船头的木板上，在裤子上擦擦刀子，然后抓着尾巴拎起鲣鱼①的残骸，扔到了海里。

"我想我是吃不下一整条的。"他说，一面拿刀子切开一条鱼肉。他感觉得到那钓绳一直拉得很紧，他的左手抽起筋来。这只手紧紧地抓住粗钓绳，他厌恶地朝它瞅瞅。

"这算什么手啊，"他说，"想抽筋你就抽吧。变成鸟爪子吧。对你不会有好处的。"

快点，他想，一面朝黑暗的深水里望着倾斜的钓绳。马上把它吃掉，这样手上就会有力气。也难怪这只手，你跟这条鱼已经周旋了好几个钟头了。不过你能跟它周旋到底的。马上把金枪鱼吃了。

他拿起一块鱼肉，放在嘴里慢慢咀嚼。还不是很难吃。

好好嚼吧，他想，把肉汁都咽下去。要是加上一点酸橙，或者柠檬，或者盐，那味道可不会坏。

"你觉得怎么样，手啊？"他问那只抽筋的手，它几乎跟死尸一样僵硬，"我要为你多吃一点。"

他把他切成两片的那块肉的另一片也吃了下去。他细细地嚼着，然后把皮吐出来。

"怎么样，手啊？是不是还没到时候，说不上来？"

他又拿起一整条鱼肉，嚼了起来。

"这是一条既壮实、血又旺的鱼，"他想，"我幸亏捉到了它，而不是鲯鳅。鲯鳅太甜了。这条鱼几乎没有甜味，吃下去还能长

---

① 鲣鱼（bonito），属金枪鱼科。

力气。"

不过，不讲实际真没意思，他想。我有点盐就好了。我不知道太阳是会把剩下的鱼给晒臭，还是晒干，所以还不如把它们都吃光，尽管我现在不饿。那条大鱼又从容又沉稳。我要把这些鱼肉全吃掉，这样我就有备无患了。

"耐心点，手啊，"他说，"我是为了你才吃东西的。"

我真想喂喂那条鱼，他想。它是我的兄弟。可是我得杀死它，我要保持身强力壮，才能干成这件事。他慢慢而认真地把那些楔形鱼肉条都吃了下去。

他直起身来，在裤子上擦了擦手。

"好啦，"他说，"你可以放掉钓绳，手啊，我可以只用右臂来对付它，直到你不再胡闹。"他用左脚踩住原先用左手抓住的粗钓绳，身子朝后仰，用背部来顶住钓绳的拉力。

"上帝帮助我，让我别再抽筋了，"他说，"因为我不知道这条鱼还会怎么着。"

不过它似乎很镇静，他想，而且在照它的计划行动。可是它的计划是什么，他想。我的计划又是什么？由于它个头太大，我必须根据它的计划，随机应变地做出我的计划。它要是想跳，我就可以杀死它。不过它总是待在下面。那我就跟它奉陪到底。

他把他那只抽筋的手在裤子上擦了擦，想活动活动手指。可是他的手伸不开。也许等太阳出来就能伸开了，他想。也许等那补养人的生金枪鱼消化后，他的手就会伸开的。如果非要靠这只手，我会不惜一切代价把它伸开。不过现在我不愿意把它硬伸开。让它自己张开，自动恢复过来吧。昨夜不得不把几根钓绳解开系在一起时，我毕竟把它使用过度了。

他眺望着海面，发觉他眼下是多么孤单。但是他可以看见黑魆魆的深水里的灿烂光柱，看见向前伸展的钓绳以及平静海面上的奇异波动。云在聚集，等待贸易风的到来，他向前望去，看见一群野鸭在水面上飞，在天空的映衬下现出清晰的身影，接着又模糊不清了，随即又清晰起来，他知道，人在海上是从不孤独的。

他想到有些人害怕乘小船驶到望不见陆地的地方，而且知道恰恰处于天气会突变的季节。可眼下正碰上飓风季节，而这飓风季节的天气，在不刮飓风的时候，又是一年中最好的天气。

如果要刮飓风，而你又在海上的话，你总会在前几天就看到天上有刮飓风的征兆。人们在岸上可看不到，因为他们不知道要看什么，他想。陆地对于云的形状也一定是有影响的。但是眼下不会刮飓风。

他望望天空，看见一团团白色的积云，像是一堆堆可人的冰激凌，而高居积云之上的，是一缕缕薄薄的羽毛似的卷云，映衬着九月的高空。

"轻轻的微风[1]，"他说，"这天气对我比对你更有利，鱼啊。"

他的左手仍然在抽筋，不过他在慢慢地把它扳开。

我讨厌抽筋，他想。这是对自己身体的背叛行为。由于吃下腐败的食物而引起腹泻，或者因此而呕吐，是在别人面前丢脸的

---

[1] 原文为西班牙文：brisa。

事。但是抽筋呢（他想到 calambre[①] 这个字），是自己丢自己的脸，特别是独自一人的时候。

要是那孩子在这儿，他可以替我揉一揉，从前臂揉松下去，他想。不过，它总会松下来的。

接着，他用右手一摸，觉得钓绳的拉力跟以前不一样了，这才看见它在水里的斜度也变了。随即，他靠在钓绳上，用左手急骤地猛拍大腿，看见钓绳在慢慢向上升起。

"它上来啦，"他说，"快点，手啊。快点吧。"

钓绳缓慢而不断地往上升，这时小船前边的海面鼓起来了，那鱼露出来了。它不停地往上冒，水往它身边泻下去。在阳光下，它浑身亮闪闪的，脑袋和背都是深紫色，两侧的条纹在阳光下显得宽宽的，呈现出淡紫色。它的嘴长得像棒球棒一样长，像一把长剑渐渐细下去，它把全身跃出水面，然后又像潜水鸟似的滑溜溜地钻进水里。老人看见它那大镰刀似的尾巴没入水中，钓绳迅疾地滑下去。

"它比小船还长两英尺呢。"老人说。钓绳飞快而又稳当地滑出去，那鱼并没有惊慌。老人竭力用双手拉住钓绳，使它不至于被扯断。他知道，要是他不能施加平稳的压力让鱼游慢一些，它就会把钓绳全部拖出去，把它扯断。

这是条大鱼，我得稳住它，他想。我决不能让它知道它有多大力气，也不能让它知道它要逃跑会有多大能耐。我要是它的话，马上就使出浑身的力气，直到把什么东西扯断为止。但是感

————————

① 西班牙文，意为"抽筋"。

谢上帝，它们可不像杀害它们的人那样聪明，虽然它们比我们更崇高，更有能耐。

老人见过好多大鱼。他见过好多重达一千多磅的鱼，生平捉到过两条这么大的，但都不是独自一人捕到的。现在他是孤身一人，而且看不见陆地，跟他所见过的最大的、比他听说过的还大的鱼拴在一起，而他的左手依然绷得紧紧的，就像抓紧的鹰爪一样。

不过抽筋会好的，他想。它一定会好了来帮助我的右手。有三样东西是亲兄弟：那条鱼和我的两只手。抽筋一定会好的。抽筋本是很掉价的事。鱼又慢下来了，用它寻常的速度在游。

不知道它为什么要跳，老人想。大概是跳一跳让我看看它有多大吧。不管怎么样，我现在是知道了，他想。我希望我也能让它看看我是什么样的人。不过那样一来，它就会看到这只抽筋的手了。让它以为我比实际上更有男子汉气概，我也会是那样的。但愿我就是那条鱼，他想，具有它的全部力量，而要对抗的仅仅是我的意志和智慧。

他舒适地靠在木板上，疼痛的时候就忍着。那鱼沉稳地游着，小船在黑暗的水里慢慢移动。随着东方吹来一阵风，海上激起一道小浪，到中午时分，老人的左手抽筋好了。

"这对你可是个坏消息啊，鱼儿。"他说，一面把钓绳从垫着他肩膀的麻袋上挪了个位置。

他感到还舒服，但又挺痛苦，虽然他压根儿不承认这痛苦。

"我并不虔诚，"他说，"但是我愿意念十遍《天主经》和十遍《圣母经》，好让我逮住这条鱼，我还许诺，要是我逮住了它，我就去朝拜科布雷的圣母。这是我的许诺。"

他开始机械地做起祷告来。有时他太疲倦，记不住祈祷文了，就说得特别快，以便能顺口而出。《圣母经》要比《天主经》容易念些，他想。

"万福马利亚，你满受圣宠，主与你同在。你在女人中是有福的，你的儿子耶稣也是有福的。圣洁的圣母马利亚，求你现在和我们临终时，为我们这些罪人祈祷吧。阿门。"然后他又加上两句："万福圣母马利亚，让这条鱼死去吧。虽然它很了不起。"

做完了祈祷，他觉得好受多了，但是还跟刚才一样痛，也许还要更痛些。他倚着船头的木板，机械地搬弄起左手的手指来。

这时，虽然轻轻地刮起了微风，但是太阳已经很热了。

"我最好把架在船尾的那根小钓绳重新装上鱼饵，"他说，"要是那鱼打算再待上一夜，那我就需要再吃点东西，可是瓶里的水已经不多了。我想在这里除了鲯鳅以外，我是搞不到别的东西。但是，趁着新鲜的时候吃，味道也不会差。我希望今天夜里会有一条飞鱼落到船上。可惜我没有灯光来引诱。飞鱼生吃味道好极了，还不用把它们切开。我现在要保存全部的力气。天呀，真没想到它有这么大。"

"不过我要宰了它，"他说，"尽管它那么大，那么了不起。"

虽然这是不公正的，他想。不过我要让它知道人有多大能耐，能忍受多少磨难。

"我跟那孩子说过，我是个不同寻常的老头，"他说，"现在是证实这话的时候了。"

他已经证实过上千次了，那都算不了什么。现在他要再证实一次。每一次都是一次新的经历，他这么做的时候，从不去想过去。

但愿它睡着了，这样我也能睡着，梦见狮子，他想。怎么脑子里总是想着狮子呢？别想了，老家伙，他对自己说。眼下轻轻地靠在木板上休息，什么都不要去想。它正在卖力地干呢。你可要尽量少花力气。

眼看就到下午了，船依旧缓慢而不停地移动。不过这时东面来的微风给船增添了阻力，老人让船随着小小的波浪缓缓地漂流，斜挎在肩上的钓绳使他感觉舒适些、顺溜些了。下午有一次，钓绳又升上来了。可是那鱼只在稍高一点的水面继续游着。太阳照射在老人的左臂、左肩和脊背上。于是他知道这鱼已经转到东北方去了。

他见过那鱼一次，也就能想象它在水里游泳的情景，它那紫色的胸鳍像翅膀似地大张着，竖直的大尾巴从黝黑的海水中划过。不知道它在那样的深度能看见多少东西，老人想。它的眼睛很大，马虽然眼睛小得多，但在黑暗中也看得见东西。以前我在黑暗中能看得很清楚。可不是在漆黑的时候。不过差不多能像猫一样看东西。

太阳的照射和他手指的不停动弹，这时使他左手的抽筋完全好了，他开始让它多承担一些拉力，并且耸耸肩上的肌肉，把钓绳从勒痛的地方挪开一点。

"鱼啊，你要是还不累的话，"他大声说道，"那你可就太不可思议了。"

他现在感到非常疲乏，他知道夜晚即将来临，便竭力去想些别的事。他想起了大联赛，用他的语言说，就是 Gran Ligas[1]。他知道纽约的扬基队在和底特律老虎队[2]比赛。

已经是第二天了，可我还不知道比赛[3]的结果，他想。但是我一定要有信心，一定要对得起那了不起的迪马乔，他即使忍受着脚后跟骨刺的疼痛，仍然样样干得十全十美。什么是骨刺？他问自己。骨刺[4]。我们没这玩意。那会像斗鸡脚上的距铁扎进脚跟那样痛吗？我想我忍受不了这种痛苦，也不能像斗鸡那样，一只眼甚至两只眼斗瞎了，还能忍住继续斗下去。人跟厉害的鸟兽相比真算不了什么。我还是情愿做待在黑魆魆水里的那个大家伙。

"除非有鲨鱼来，"他大声说道，"要是有鲨鱼来，愿上帝怜悯它和我吧。"

你认为了不起的迪马乔会长久地守着一条鱼，就像我这样长久地守着这条鱼吗？他想。我敢说他会的，而且比我守的时间更长，因为他年轻力壮。更何况他父亲是个渔夫。不过骨刺会不会让他痛得太厉害了？

"我说不上来，"他大声说道，"我从没长过骨刺。"

太阳落下去了，为了给自己增强信心，他回想起在卡萨布兰卡[5]一家酒店里，他跟从西恩富戈斯[6]来的黑人大汉比手劲，那

---

① 原文为西班牙文：意为"大联赛"。
② 原文为西班牙文：Tigres of Detroit。
③ 原文为西班牙文：juegos。
④ 原文为西班牙文：Un espuela de hueso。
⑤ 卡萨布兰卡（Casablanca），摩洛哥西北部海港，濒临大西洋。
⑥ 西恩富戈斯（Cienfuegos），古巴南部海港。

可是码头上最强壮的人啊。他们把胳膊肘撑在桌面的粉笔线上，前臂朝上伸直，两手紧握着，就这么掰了一天一夜。双方都竭力想把对方的手按到桌面上。很多人都下了赌注，人们在煤油灯下走进走出，他瞧了瞧那黑人的胳膊、手和脸。过了八个钟头后，每隔四个钟头就换一名裁判，好让裁判轮流睡觉。他和黑人的手指甲里都流出血来，两人都盯着彼此的眼睛、手和前臂，下注的人打屋里走进走出，坐在靠墙的高椅上观战。四壁是木板墙，漆成鲜艳的蓝色，灯光把两人的影子投在墙上。黑人的身影非常高大，随着微风把灯吹得摆来摆去，他的影子也在墙上来回移动。

　　一整夜，优势总是变来变去，人们给黑人喝朗姆酒，还给他点香烟。黑人喝了酒，就拼命使劲，有一次竟把老人（当时还不是老人，而是冠军① 圣地亚哥）的手压下去将近三英寸。但是老人又把手扳回成势均力敌之势。当时他满以为他把那个好样的黑人、那个了不起的竞技高手打败了。天亮时，打赌的人都要求判为和局，而裁判摇头不同意，老人使出了浑身的力气，硬把黑人的手一点一点往下扳，直至压倒在桌面上。这场比赛从星期天早上开始，到星期一早上才结束。好多打赌的人都要求算成和局，因为他们得到码头上去把一袋袋的蔗糖装上船，或者上哈瓦那煤矿公司去干活。不然谁都想看他们决出个高低。不过他总算结束了这场较量，而且还赶在大家得去上工之前。

　　此后很久，人人都管他叫冠军，春天又举行了一场复赛。不过这次赌注下得不多，老人轻而易举地赢了，因为在第一场比赛

---

① 原文为西班牙文：El Campeon。

中，他摧毁了那个西恩富戈斯黑人的信心。后来他又参加了几次比赛，往后就再也没比过。他断定，只要他有强烈的取胜欲望，他就能击败任何人；他还断定，这对他用右手钓鱼是不利的。他曾尝试用左手参加了几次练习赛。但是他的左手总是背叛他，不肯听他的使唤，因此他信不过它。

现在太阳会把我这手晒舒展了，他想。它不会再抽筋了，除非夜里太冷。不知道今天夜里会怎么样。

一架飞机从他头上掠过，朝迈阿密飞去，他望着它的影子惊起了成群的飞鱼。

"既然有这么多飞鱼，那就该有鲯鳅。"他说，一面把身子仰靠在钓绳上，看能不能把鱼拉近一点。但是拉不动，钓绳绷得紧紧的，上面的水珠也在抖动，眼看快扯断了。小船缓缓地向前驶去，他盯着飞机，直到看不见为止。

坐在飞机里一定感觉很奇异，他想。不知道从那么高的地方往下瞧，海会是个什么样子？坐在上面要不是飞得太高，一定能把鱼看得清清楚楚。我倒想在两百英寻的高度慢慢地飞，从上面往下看鱼。在捕龟船上，我曾坐在桅顶的横杆上，即使从那样的高度也能看到不少东西。从那里望下去，鲯鳅显得更绿，你能看见它们身上的条纹和紫斑，能看见它们整群地在游动。不知道为什么在黑暗的水流中游得很快的鱼都有紫色的脊背，往往还有紫色的条纹或斑点？鲯鳅看上去当然是绿色的，因为它们实在是金黄色的。但是它们一到饿得慌、想吃食的时候，身子两侧就像马林鱼一样出现紫色条纹。是因为发怒，还是由于游得太快，才使这些条纹显现出来的？

就在天快黑的时候，船从好大一片马尾藻旁边经过，那马尾藻在轻柔的海波中颠簸摇荡，仿佛海洋正同什么东西在一条黄毯子下做爱，这时他那根小钓绳给一条鲯鳅咬住了。他先看见它跳到空中，给夕阳照得真如金子一般，在空中疯狂地扭动拍打。它在惊恐中一次次地跳出水面，像是杂技表演，老人吃力地挪回到船尾，蹲下身来，用右手和右臂拽住粗钓绳，用左手将鲯鳅往回拉，每拉回一段钓绳，就用光着的左脚踩住。等鲯鳅被拉到船尾，拼命地左右乱蹿乱跳时，老人探出身去，把这条带紫斑的金光灿烂的鱼拎进船来。它那钩在鱼钩上的嘴一张一合，急促地抽搐着，还用它那又长又扁的身子、尾巴和头拍打着船底，直至老人用棍子朝它那金光闪亮的头上打去，它才抖了抖不动了。

　　老人把鱼钩从鱼嘴里取出来，重又装上一条沙丁鱼，把钓绳甩进海里。然后他又吃力地慢慢挪回到船头。他洗了洗左手，在裤子上擦干。随即他把那根粗钓绳从右手换到左手，把右手伸进海里洗一洗，一面望着太阳沉入大海，粗钓绳斜入水中。

　　"它还是一点没有变。"他说。但是他望着海水冲刷着他的手的时候，注意到船走得显然慢些了。

　　"我要把两支桨绑在一起，横着架在船尾，这样能让它在夜里走得慢些，"他说，"它到夜里就来劲了，我也是。"

　　最好稍等一会儿再给鲯鳅开膛，这样可以把血留在鱼肉里，他想。这可以等一会儿再干，同时把两支桨绑在一起，增加些阻力。眼下还是让鱼安静些，别在日落的时候多去打扰它。对所有的鱼来说，日落是个艰难的时刻。

　　他把手举起来晾干，然后抓住钓绳，尽量放松身子，靠着木板任凭自己被拖向前去，让船承受跟他一样大，甚至比他更大的拉力。

我渐渐学会怎么办了，他想。至少在这方面我学乖了。另外还要记住，它自从上钩以来还没吃过东西，而它身躯庞大，需要大量食物。我吃了一整条的鲣鱼。明天我就吃鲯鳅。老人管它叫dorado①。也许我该把它弄干净吃上一点。它比鲣鱼要难吃些。不过，话又说回来，什么都不容易。

"你觉得怎么样，鱼儿?"他大声说道，"我感觉良好，我的左手好些了，我有一天一夜的食物。拖着船走吧，鱼儿。"

他并非真的感觉良好，因为钓绳勒在他背上造成的疼痛几乎超越了疼痛，变成了一种他不大放心的麻木。不过，我还有过比这更糟糕的事情，他想。我一只手仅仅割破了一点，另一只手已经不再抽筋了。我的两条腿都好好的。更何况我在食物问题上也胜过了它。

这时天黑了，因为九月间，太阳一落下，天很快就黑了。他靠在船头的旧木板上，尽可能歇一歇。初夜的星星出来了。他不知道其中有一颗叫 Rigel ②，但是看到了它，就知道那些星星很快都要出来，他又要有这许多遥远的朋友了。

"这条鱼也是我的朋友，"他大声说道，"我从没见过也没听说过这样一条鱼。不过我一定要把它弄死。幸好我们用不着去弄死那些星星。"

---

① 西班牙文，原意"金色的"，此处是当地人对"金色鲯鳅"的俗称。
② 该词来自阿拉伯语的 rijl（脚、足），系猎户座左足部最明亮的那颗星，我国天文学称之为参宿七。

想想看，要是人每天想要弄死月亮，他想。那月亮就逃跑了。不过再想想，要是人每天想要弄死太阳呢？我们生来是幸运的，他想。

这时他替那条没有东西吃的大鱼感到难过，但他要杀死它的决心绝没有因为替它难过而削弱。它能供多少人吃啊，他想。可他们配吃它吗？不配，当然不配。从它的举止风度和非凡尊严来看，谁也不配吃它。

这些事我不懂，他想。不过好在我们用不着去弄死太阳、月亮或星星。在海上过日子，杀死我们的亲兄弟，已经足够了。

现在，他想，我得想一想增加阻力的事。这样做有危险，也有好处。要是鱼使劲地拉，船桨造成有效的阻力，小船就没那么轻便了，那我就会放出很长的钓绳，结果也让大鱼跑掉。船身一轻，就延长了我们双方的痛苦，不过我却保险了，因为大鱼有极快的速度，只是没有施展出来罢了。无论如何，我一定要取出鲯鳅的肠肚，免得让它烂掉，然后吃下一些长长劲儿。

现在我要再休息一个钟头，等我觉得它强壮稳定了，再回到船尾去干活，做出决断。在这期间，我可以看看它怎样行动，有没有什么变化。那两支桨倒是一个妙招，可是已经到了该稳妥行事的时候。它仍然活生生的，我看见鱼钩挂在它的嘴角，它把嘴闭得紧紧的。鱼钩的折磨算不了什么。更严重的是饥饿的煎熬，加上碰上了让它摸不着头脑的对手。休息吧，老家伙，让它去忙活它的吧，等轮到你尽力的时候再说。

他相信自己已经休息了两个钟头。月亮还迟迟地没有出来，他没法判断现在是什么时候。其实他也没好好休息，只是稍微歇了歇。他肩上依然承受着鱼的拉力，不过他把左手按在船头的舷边上，越来越靠小船本身来抗拒鱼的拉力。

要是我能把钓绳拴紧，那有多简单啊，他想。但是它只要稍微一挣，就能把钓绳扯断。我一定要用我的身子来缓冲钓绳的拉力，随时准备用双手放出钓绳。

"不过你还没睡觉呢，老家伙，"他大声说道，"已经过了半个白天和一夜，现在又是一个白天，可你一直没睡觉。你必须想个办法，趁鱼平静安稳的时候睡一会儿。你要是不睡觉，脑子就会不清楚。"

我脑子很清醒，他想。太清醒了。就跟我那些星星兄弟一样清醒。不过我还得睡觉。星星睡觉，月亮和太阳都睡觉，有时在风平浪静、没有激流的日子，就连大海也要睡觉。

不过记住要睡觉，他想。一定要让自己睡觉，想出一个简单而稳妥的办法处置那些钓绳。现在回过去把鲯鳅收拾好。你要是非得睡觉的话，把桨绑起来拖在水里可就太危险了。

我不睡觉也能行，他对自己说。不过那太危险了。

他用双手双膝爬回船尾，小心翼翼地不要惊动那条鱼。它也许半睡半醒着，他想。可是我不想让它休息。非要让它拖到死去。

回到船尾以后，他转过身来，用左手撑住挎在肩上的钓绳，用右手把刀子从刀鞘里拔出来。这时星星亮晶晶的，他清楚地看见那条鲯鳅，便把刀子戳进它的头部，把它从船尾下面拉出来。他用一只脚踩在鲯鳅身上，迅疾地一刀从肛门切到下颚的尖端。随即他放下刀子，用右手掏出内脏，掏得空空的，再把鱼鳃挖干净。他觉得鱼胃在手里沉甸甸，滑溜溜的，就把它剖开来。里面有两条飞鱼，又新鲜又坚实，他把它们并排放着，把内脏和鳃从船尾扔到水里。它们沉下去时，在水里留下一道磷光。这时鲯鳅在星光下冷冰冰的，显得像麻风病患者一般灰白。老人用右脚踩住鱼头，把鱼身上一边的皮剥去。然后把鱼翻转过来，又剥去另一边的皮，再把鱼身两边的肉从头到尾割下来。

他把鱼骨头轻轻地扔到船外，看看它是不是在水里打旋。但却只见到它慢慢沉下时的磷光。接着他转过身，把两条飞鱼夹进两块鲯鳅肉里，又把刀子插进刀鞘，慢慢挪动身子回到船头。他的脊背被钓绳的分量压弯了，右手拿着鱼肉。

回到船头后，他把两块鲯鳅肉摊在船板上，旁边放着飞鱼。然后他把挎在肩上的钓绳换了个位置，又用左手抓住它靠在船舷上。随即他往舷外俯下身，把飞鱼放在水里洗了洗，注视着水向他手上冲击的速度。他的手在剥鱼皮时沾上了磷光，他仔细察看水流冲击他手的情景。水流并不那么急了，当他把手边对着船板擦的时候，水面上泛起点点磷光，慢慢朝船尾漂去。

"它累了，要不就是在休息，"老人说，"现在让我把这鲯鳅吃下去，歇一歇，睡一会儿。"

在星光下，夜越来越冷，他吃下了一块鲯鳅肉的一半，还吃了一条挖去了内脏、切掉了脑袋的飞鱼。

"鲯鳅烧熟了吃该有多美呀，"他说，"生鱼好难吃啊。以后不带盐或酸橙，就绝不再出海了。"

我要是有头脑，就会整天把海水泼在船头上，等水干了就会有盐了，他想。不过我是快到太阳落下时才钓到鲯鳅的。准备还是不足啊。不过我还是津津有味地全吃下去了，一点也不恶心。

东边天空阴云密布，他熟悉的星星一颗颗地不见了。这时他仿佛走进了一个云朵大峡谷，风也停了。

"三四天后会有坏天气，"他说，"不过今晚不会，明天也不会。现在安排一下，老家伙，趁鱼平静安稳的时候睡上一会儿。"

他把钓绳紧紧抓在右手里，然后用大腿抵住这右手，把全身的重量都靠在船头的木板上。接着他把挎在肩上的钓绳稍微放低一些，再用左手撑住。

只要把钓绳撑紧了，我的右手就能抓得住，他想。我要是睡着了钓绳松了往外滑，我的左手就会把我弄醒。这样右手会很辛苦。不过它吃惯了苦。哪怕睡上二十分钟，或者半个钟头，也是好的。他朝前躺下，用整个身子夹住钓绳，把全身的重量都压在右手上，然后睡着了。

他没有梦见狮子，却梦见了一大群海豚，绵延八到十英里长，眼下正是它们的交配季节，它们会高高地跳到空中，然后又落回跃起时在水中搅成的水涡。

接着他梦见自己躺在村里自己的床上，外面刮着北风，他浑身冷嗦嗦的，右臂都麻木了，因为他的头把它当枕头枕在上面。

随后他开始梦见了那长长的黄色海滩，看见了黄昏时分来到海滩上的第一头狮子，接着其他狮子也来了。他把下巴靠在船头的木板上，船迎着吹向海面的晚风停在那儿。他等着看有没有更多的狮子来，感到很快乐。

月亮升起好久了，可他还在睡。那鱼沉稳地向前拖着，把船拖进云涡里。

他的右拳猛地砸在他脸上，把他惊醒了，钓绳从他右手里滑出去，只觉得火辣辣的痛。他的左手失去了知觉，便极力用右手拽住，可是钓绳还是冲了出去。最后他用左手抓住了钓绳，仰着身子硬撑着，这时钓绳又勒着他的脊背和左手，这左手承受了全部的拉力，给勒得痛得厉害。他回头望望钓绳卷，看见钓绳在顺畅地往外放。正在这时，那鱼猛地一跳，使海面轰然迸裂开来，然后又重重地跌落下去。随即它又一次次地跳起来，船走得很快，虽然钓绳依旧在飞速地向外放，老人把它拉得快要绷断，而且一次次地拉到这个地步。他给拉倒了，紧紧地伏在船头，脸贴在那片切下的鲯鳅肉上，身子动弹不得。

这就是我们所等待的，他想。那现在就让我们来承受吧。

要让它为那钓绳付出代价，他想。要让它为钓绳付出代价。

他看不见鱼在跳，只听见大海的迸裂声和鱼落下时水花剧烈的飞溅声。飞速滑走的钓绳把他的手勒得痛极了，但是他早就知道这是免不了的，他就设法让钓绳勒在长茧的部位，不让它滑到手掌上，或者勒伤手指。

要是那孩子在这儿，他会弄湿那些钓绳卷的，他想。是呀。要是那孩子在这儿就好了。要是那孩子在这儿就好了。

钓绳在往水里滑呀，滑呀，滑呀，不过现在渐渐慢下来了，他在让鱼为它拖出的每一英寸①付出代价。这时他从木板上抬起头来，脸也离开了先前压碎的那片鱼肉。接着他跪起来，然后慢慢站起来。他在放出钓绳，可是越来越慢了。他慢慢地挪回到可

---

① 1英寸约为2.54厘米。

以用脚碰到但却看不见的钓绳卷那儿。钓绳还多的是，现在这鱼不得不拖着这许多摩擦力较大的新钓绳了。

是啊，他想。现在它已经跳了十几次了，把沿着脊背的气囊灌满了空气，所以不会钻到深水里去死，让我没法拖上来。它马上就会打起转来，这一来我就得好好对付它了。不知道它怎么会突然跳起来？难道是饿急了，还是夜里被什么东西吓着了？也许它突然害怕起来。不过它是那样沉着，那样健壮，看来又那样无所畏惧，那样满怀信心。真是奇怪。

"你自己最好也无所畏惧、满怀信心，老家伙，"他说，"你又把它拖住了，可你没法收回钓绳。不过它马上就得打转了。"

老人这时用左手和两边肩膀拽住它，弯下腰去，用右手舀了一把水，把脸上的碎鲯鳅肉洗掉。他怕这肉会使他恶心，吐起来没了力气。他擦干净脸以后，又把右手放到船舷外面的水里去洗，然后把它浸在那咸水中，一面注视着日出前的第一缕曙光。它差不多在往东去，他想。这表明它疲乏了，随着水流漂流。它马上就要打转了。那时我们可要真正干起来了。

他估计他的右手在水里浸的时间够长了，便把它拿出来，朝它望了望。

"还不赖，"他说，"疼痛对男子汉来说算不了什么。"

他小心谨慎地抓住钓绳，不让它嵌进新勒伤的地方，随即挪了挪身子的重心，好把左手伸进小船另一边的海水里。

"你这没用的东西，还算干得不错，"他对左手说，"可是有一阵，你都不听我使唤了。"

我怎么不是生来就有两只好手呢？他想。也许只怪我没有好好训练这只手。可是天知道它有的是学习机会。不过它夜里干得还不错，仅仅抽了一次筋。它要是再抽筋的话，就让钓绳把它割掉吧。

他想到这里，知道自己的头脑不怎么清醒了，觉得应该再吃一点鲯鳅肉。可是我不能吃，他对自己说。与其吃了吐得没力气，还不如晕头晕脑好些。我知道我吃了胃里也搁不住，因为我的脸曾经贴着上面。我要把它留着应急，直到腐烂为止。不过要想靠吃东西来增添力气，现在已经太晚了。你真蠢，他对自己说。把另外那条飞鱼吃了吧。

鱼已经收拾好了，现成地放在那里，他用左手把它捡起吃了起来，细细地嚼着骨头，从头到尾全都吃了下去。

它几乎比什么鱼都有营养些，他想。至少有我需要的力气。现在我已经尽力而为了，他想。让它打起转来，让战斗开始吧。

鱼开始打转的时候，太阳正在出来，这是他出海以来，第三次出太阳。

他从钓绳的斜度上还看不出鱼在打转。这还为时过早。他只感觉到钓绳的压力稍微减少了一点，便开始用右手轻轻地拉。钓绳又像往常那样绷紧了，可是就在快绷断的时候，却又开始往回收了。他把肩膀和头从钓绳下面抽出来，开始缓慢而平稳地往回拉。他前后摆动着双手，尽量使出全身和双腿的力气来拉。他一把把地拉着，他的老腿和老肩膀也在跟着摆动。

"这可是个好大的圈子呀，"他说，"可它总算在打转啦。"

后来钓绳再也收不进来了，他还是抓住不放，看见阳光下钓绳上溅出了水珠。接着钓绳又忽地滑出去了，老人跪下来，好不情愿地让它又滑到黑暗的水中。

"现在它绕到圈子的对面去了。"他说。我一定要拼命拽住，他想。只要拽紧了，它兜的圈子就会一次比一次小。也许不出一个钟头我就能见到它。现在我得稳住它，然后得弄死它。

但是这鱼还在继续慢慢地打转，两个钟头后，老人浑身汗淋淋的，累得骨头都发酸。不过现在的圈子已经小得多了，而从钓绳的斜度可以看出，那鱼一边游一边不断地往上升。

有一个钟头光景，老人一直看见眼前有黑点，汗水渍痛了他的眼睛，渍痛了他眼睛上和脑门上的伤口。他不怕那些黑点。他这么紧张地拽住钓绳，眼前出现黑点是正常的。不过他有两次觉得头昏眼花，这可让他有些担心。

"我不能自己不争气，像这样为一条鱼送了命，"他说，"既然我已经让它这样乖乖地过来了，求上帝帮助我坚持下去吧。我要念一百遍《天主经》和一百遍《圣母经》。不过眼下还不能念。"

就权当我已经念过了，他想。等一会儿再念吧。

就在这时，他觉得自己双手攥住的钓绳突然砰的一声给硬拉了一下。来势很猛，只觉得硬邦邦、沉甸甸的。

它在用它的长嘴撞击接钩绳，他想。这是免不了的。它不得不这样做。不过这样它就会跳起来，我倒宁愿它继续打转。它必须跳起来呼吸空气。但是每跳一次，钓钩造成的伤口就会加宽一些，然后它就可以把钓钩甩掉。

"别跳，鱼啊，"他说，"别跳。"

那鱼又撞了接钩绳几次，它每甩一次头，老人就放出一点钓绳。

我一定要让它的疼痛局限在原来的地方，他想。我疼痛不要紧。我能克制住。但是它痛起来能把它逼疯的。

过了一会儿，鱼不再撞击接钓绳，又开始慢慢打起转来。这时老人不停地收进钓绳。但是他又感到头晕了。他用左手舀起点海水，洒到脑袋上。然后又洒了些，擦一擦脖颈。

"我没抽筋，"他说，"它马上就浮上来了，我能坚持住。你得坚持住。说都不用说。"

他靠着船头跪下，一时又把钓绳拉到背上。他拿定主意：现在趁它往外打转的时候歇一歇，等它转回来时再站起来对付它。

他多想在船头上歇一歇，让鱼自己去兜一圈，而不把钓绳往回收。但是等到钓绳的拉力表明鱼已经转身朝小船游来的时候，老人就站起身，开始左一把右一把地拽动，把他能收进的钓绳全拉上来。

我从来没有这样累过，他想，现在又刮起贸易风了。不过正好可以借助贸易风把它拖回去。真是巴不得呀。

"等它下一趟兜圈子的时候，我要歇一歇，"他说，"我感觉好多了。再兜两三圈，我就能制服它。"

他的草帽给推在后脑勺上，他感到鱼在转身，让钓绳一拽，一屁股坐在了船头。

你忙你的吧，鱼啊，他想。你转回来我就收拾你。

海水涨了不少。不过眼下刮的是晴天的微风，他得靠这样的风回家去。

"我只要朝西南方划去，"他说，"人在海上是绝不会迷失方向的，何况这又是个长长的岛屿①。"

---

① 指古巴岛，东西长达一千多公里。

鱼在第三次转身时，他才第一次看见它。

他起先看见的是一个黑乎乎的影子，那黑影费了好久才从船底下穿过去，他不敢相信它会有那么长。

"不会的，"他说，"它不会那么大。"

不过它还真有那么大，等这一圈转完了，它出现在只有三十码开外的水面，老人看见它的尾巴露出水来。那尾巴比一把大镰刀的刀身还要高些，在深蓝色的海面上现出了淡淡的浅紫色。它向后倾着划过水面，当鱼贴着水面游的时候，老人能看见它庞大的身躯和身上的紫色条纹。它的脊鳍向下耷拉着，巨大的胸鳍张得很开。

这次鱼打转时，老人能看见它的眼睛和围着它游来游去的两条灰色鲫鱼。有时候它们恋恋不舍地跟着它。有时候又忽地游开了。有时候会在它的阴影里悠闲地游着。两条鱼每条都有三英尺长，游得快时像鳗鱼一样甩动整个身子。

老人这时在淌汗，但不光因为太阳，还有别的原因。鱼每次沉着、平静地转回身时，他都收回一段钓绳，他深信鱼再兜上两圈，他就有机会把鱼叉戳进去了。

可是我必须把它拉近，拉近，再拉近，他想。千万不能戳脑袋。一定要扎进它的心脏。

"要沉着，要有力，老家伙。"他说。

又转了个圈，鱼的脊背露出来了，不过离船太远了点。再转一圈，还是离得太远，不过它已经更高地露出在水面上，老人相信只要把钓绳再收进一些，他就可以把鱼拽到船旁边来。

他早就把鱼叉准备好了，鱼叉上的那卷细绳子放在一只圆筐里，一头拴在船头的系缆桩上。

这时鱼兜了个圈子又回来了，既沉着又优美，只有那条大尾巴在摆动。老人竭尽全力去拽，想把它拉近些。一刹那间，那鱼朝他这边稍微转过来一点。随即它又伸直了身子，又打起转来。

"是我把它拉动的，"老人说，"那是我把它拉动的。"

他又觉得头晕，但还是使出浑身力气拽住大鱼。是我把它拉动的，他想。也许这一次我能把它拉过来。拉呀，手，他想。站稳啦，腿。为我坚持下去，头。为我坚持下去。你从没晕倒过。这一次我要把它拽过来。

但是，还没等大鱼来到船边，他就使尽浑身力气，拼命去拉钓绳，那鱼转过来了一点，随即又摆正身子游开了。

"鱼啊，"老人说，"鱼啊，你横竖是死定了。难道你非得把我也弄死吗？"

那样一来就会一事无成，他想。他嘴巴干得说不出话来，而眼下又够不到水。这次我一定把它拉到船边来，他想。它再多转几圈，我就不行了。不，你行的，他对自己说。你永远是行的。

转下一圈时，他几乎把它拽到身边了。可是那鱼又摆正了身子，慢慢地游走了。

你想把我给弄死啊，鱼，老人想。不过你有这个权利。兄弟，我从没见过一个比你更大、更美、更沉着、更尊贵的家伙。来，把我弄死吧。我不在乎谁弄死谁。

你现在头脑糊涂了，他想。你应该保持头脑清醒。保持头脑清醒，像男子汉那样懂得如何吃苦。要么像条鱼似的。

"清醒一下，脑袋，"他用几乎连自己都听不见的声音说，

"清醒一下。"

鱼又转了两圈，还是老样子。

我搞不懂，老人想。他每次都觉得自己快要垮了。我搞不懂。不过我还要再试一次。

他又试了一次，等把鱼拉得转过来时，他觉得自己真要垮了。那鱼摆正了身子，又慢慢地游开了，大尾巴还在空中摆来摆去。

我还要试一次，老人许诺说，尽管这时他的双手已经软弱无力，眼睛只能一闪一闪地看清东西。

他又试了一次，结果还是一样。原来如此，他想，还没开始动手，就觉得自己要垮了；我还要再试一次。

他忍住一切疼痛，拿出剩余的力气和早已失去的自尊，用来对付那鱼的痛苦挣扎。鱼来到了他身边，侧着身子轻轻地游着，嘴几乎碰到了小船的外板。它开始打船边游过去，身子又长，又高，又宽，银光闪闪，还缀着紫色条纹，在水里显得看不到尽头。

老人放下钓绳，用脚踩住，尽可能高地举起鱼叉，随即使出全身力气，加上刚刚鼓起的劲儿，把它一下扎进鱼腰上，就在那大胸鳍后面一点的地方，这胸鳍高高地挺在空中，跟老人的胸膛一般高。他感觉那铁叉扎下去了，便把身子靠在上面，让它扎得更深些，然后用全身的重量把它戳进去。

这时那鱼死到临头，倒变得活跃起来，从水里高高跃起，把它那超乎寻常的长度和宽度，它的威力和美，全都显现出来。它仿佛悬在空中，就在船中老人的头顶上。接着，它轰的一声掉进水里，浪花溅了老人一身，溅了一船。

老人觉得头晕，恶心，眼睛看不大清楚。不过他放开了鱼叉上的绳子，让它从他那划破了皮的手中慢慢地滑下去，等他眼睛看得清的时候，他看见那鱼仰天躺着，银白色的肚皮翻到上面来。鱼叉柄斜插在鱼的肩部，海水被它心脏里流出的血染红了。起先这血黑乎乎的，就像一英里多深的蓝色海水中的一块暗礁。接着就像云彩一样扩散开了。那鱼是银白色的，一动不动，只是随波漂流。

老人用他那一闪一闪的目光仔细看了看。接着他把鱼叉绳往船头的系缆桩上绕了两圈，然后把脑袋靠在双手上。

"让我的头脑保持清醒，"他靠着船头的木板说，"我是个疲乏的老头。可我杀死了这条鱼，它是我的兄弟，现在我得做苦役了。"

眼下我得准备好套索和绳子，好把它绑在船边，他想。尽管只有我们俩，即使把船灌满了水将它拉上来，再把水舀出去，这条小船也绝对盛不下它。我得做好一切准备，然后把它拖过来，好好绑住，竖起桅杆，张起帆回家去。

他动手去拖鱼，想把它拖到船跟前，好用一根绳子从它鳃里穿过去，再从嘴里拉出来，把它的脑袋绑在船头上。我想看看它，他想，碰碰它，摸摸它。它是我的财富，他想。但是我倒不是为这想摸它。我想我刚才触到了它的心脏，他想。就在我第二次抓着鱼叉柄往里戳的时候。现在把它拉过来，牢牢地抓住，用一根套索拴住它的尾巴，用另一根拴住它的腰，把它捆在小船上。

"动手干吧，老家伙，"他说，他喝了一小口水，"虽说战斗结束了，还有好多苦活要干。"

他抬头望望天空，然后望望船外的鱼。他又仔细地望望太阳。刚过中午不久，他想。贸易风刮起来了。现在这些钓绳都没用了。回家以后，我要跟孩子把它们接起来。

"来吧，鱼。"他说。可是鱼没有过来。它反倒躺在海里翻滚，老人只好把小船划到它跟前。

等他划到跟鱼并拢了，让鱼头靠着船头时，他真不敢相信它有这么大。他把鱼叉绳从系缆桩上解下来，打鱼鳃里穿进去，从嘴里拉出来，在它剑状的长上颚上绕一圈，又打另一边鳃里穿进去，再在嘴上绕一圈，把双股绳子打个结，拴在船头的系缆桩上。随后他割下一截绳子，走到船尾去套住鱼尾巴。鱼已经从原来紫银相间的颜色变成了银白色，身上的条纹显出了跟尾巴一样的淡紫色。这些条纹比伸开五指的人手还要宽些，它的眼睛看上去像潜望镜中的反射镜或宗教游行队伍中的圣徒一样冷漠。

"要杀死它只有这个办法。"老人说。喝了水以后，他觉得好些了，他知道他不会垮掉，他的头脑还是清醒的。看样子它有一千五百多磅，他想。也许还重得多。要是收拾好了还有三分之二的分量，卖三毛钱一磅，那该赚多少钱啊？

"我需要有支铅笔来算一算，"他说，"我的头脑还不是那么清楚。不过我想了不起的迪马乔今天会为我骄傲的。我没有长骨刺。不过双手和脊背可痛得厉害。"不知道骨刺是怎么回事，他想。也许我们长了骨刺也不知道。

他把鱼拴在船头、船尾和中间的坐板上。这条鱼可真大，像是在船边绑上了一条大得多的船。他割下一截钓绳，把鱼的下颚跟它的尖嘴绑在一起，让它张不开嘴巴，船就可以顺顺当当地行驶了。接着他竖起桅杆，装上那根当鱼钩用的棍子和下桁，张起带补丁的帆，船开始移动了，他半躺在船尾向西南方驶去。

他不用指南针来告诉他哪儿是西南方。他只需要感受一下贸易风，瞧瞧帆的飘动。不如放一根带匙钩的细钓丝到水里去，弄点什么东西来吃吃，也好润润嘴。但他找不到匙钩，他的沙丁鱼也都发臭了。所以，等船经过一片黄色马尾藻时，他用鱼叉钩了上来，把它抖了抖，里面的小虾都落到了船板上。总共十多只小虾，像沙蚤一样活蹦乱跳。老人用拇指和食指掐去它们的头，连壳带尾巴嚼着吃下去。这些小虾虽然只有一丁点大，可是他知道它们很有营养，而且味道也不错。

老人的瓶里还有两口水，他吃了小虾后喝了半口。考虑到有那么大的累赘，小船行驶得还算不错，他把舵柄夹在腋下掌着舵。他看得见那条鱼，只消看看他的手，感觉到脊背靠在船尾上，就能知道这是千真万确的事，而不是梦。有一阵他感觉情势不妙时，曾觉得这也许是一场梦。后来他看见鱼从水里跳出，落下前一动不动地悬在空中，便觉得这里面一定有什么莫大的奥秘，让他无法相信。当时他看不大清楚，不过眼下又像往常一样看得清楚了。

现在他知道那条鱼就在眼前，他的手和背也不是梦幻。这双手很快就会好的，他想。我让手上的血都流干净了，咸水会把它们治好的。这真正海湾里黑魆魆的海水，是世界上最好的良药。我要做的就是保持头脑清醒。这双手已经尽职尽责了，我们的船行驶得很好。鱼闭着眼嘴，尾巴直上直下地竖着，我们像兄弟一样行驶着。后来他的头脑又有点糊涂了，他心想究竟是它带我回家，还是我带它回家？要是我把它拖在后面，那就没有疑问了。要是鱼给放在船上，它的体面丢尽了，那也不会有什么疑问。可是它和小船是拴在一起并排行驶的，所以老人在想，它要是高兴的话，就让它带我回家吧。我只不过靠耍花招才占了它的上风，再说它对我也没有恶意。

他们行驶得很顺当，老人把手泡在海水里，尽量保持头脑清醒。头上有高高的积云，还有不少的卷云，因此老人知道，这风要刮一整夜。老人不断地望着鱼，好确信真有这么回事。这时离第一条鲨鱼来袭还有一个钟头。

这条鲨鱼的出现不是偶然的。当一大片暗黑色的血在一英里深的海里下沉、扩散的时候，它就从深水底下蹿上来了。它蹿得很快，完全无所顾忌，哗的一声冲出蓝色的水面，来到了阳光里。接着它又落进海里，嗅到了臭迹，就顺着船和鱼所走的路线游来。

有时候它迷失了那臭迹。但是它总会重新嗅到，或者只嗅到一点点臭迹，然后就迅疾地紧追上去。这是一条巨大的灰鲭鲨，天生就能游得跟海里最快的鱼一样快，浑身除了上下颚以外，处处都很优美。它的背像剑鱼的一样蓝，肚子是银白色的，皮又光滑又漂亮。它长得像剑鱼一样，所不同的是它那巨大的两颚，眼下它就在水面下迅疾地游着，双颚紧闭着，高耸的背鳍像刀子一般划破水面，丝毫也不晃动。在它紧闭的双唇里，八排牙齿全都向内倾斜。跟大多数鲨鱼不同，它的牙齿不是角锥形的。这些牙像爪子一样蜷在一起时，形状就如同人的手指头。它们几乎跟老人的手指一样长，两边都有剃刀般锋利的刃子。这种鱼天生要吃海里所有的鱼，尽管那些鱼游得那么快，长得那么壮，装备那么齐全，以至于没有任何别的对手。这时它嗅出了新的臭迹，加快游起来，蓝色的背鳍划开了水面。

老人一见它来了，就知道它是一条毫不畏惧、为所欲为的鲨鱼。他准备好了鱼叉，把绳子系紧，一面瞅着那鲨鱼游向前来。绳子短了，缺了他割下用来绑鱼的那一段。

这时老人的头脑清醒好使，决心也大，但是不抱多少希望。好景不长，他想。他瞅着鲨鱼逼近的时候，望了望那条大鱼。这是一场梦就好了，他想。我没法阻止它来袭击我，但是也许我能弄死它。灰鲭鲨①，他想。让你妈倒霉去吧。

鲨鱼飞速地逼近船尾，它袭击大鱼的时候，老人看见它张开了嘴，一双眼睛好奇异，牙齿咔嚓一声朝鱼尾上方的肉里猛咬进去。鲨鱼的头钻出了水面，背也露出水来，老人听见鲨鱼撕开大鱼皮肉的声音，便用鱼叉朝下猛地扎进鲨鱼的脑袋，正扎在两眼之间的那条线和从鼻子笔直通到脑后的那条线的交叉点上。其实并不存在这两条线。只有那又粗又尖的蓝色脑袋，两只大眼睛，和那咔嚓作响、伸得长长的、吞噬一切的两颚。不过那正是脑子的所在，老人刺了个正着。他使出全身力气，用沾满鲜血的双手，把一支锋利的鱼叉扎了进去。他扎下去时并不抱什么希望，但是满怀决心和狠毒。

---

① 原文为西班牙语：Dentuso，是 dentudo 一词的变体，系当地人对灰鲭鲨的俗称，属六鳃鲨目。

鲨鱼翻过身来，老人看出它的眼珠已经没有生气了，接着它又翻了个身，身上缠了两圈绳子。老人知道它没命了，可鲨鱼却不肯认输。这时它肚皮朝上，尾巴噼里啪啦扑打着，两颚发出咔嚓咔嚓的响声，像快艇一样划破水面。海水被它的尾巴拍打起一片白浪，它身子的四分之三脱出了水面，这时绳子绷紧了，颤抖着，随即啪地断了。鲨鱼在水面上静静地躺了一会儿，老人瞅着它。然后它就慢慢沉下去了。

"它吃掉了大约四十磅肉。"老人大声说道。它把我的鱼叉也带走了，还有整条绳子，他想，而眼下我的鱼又在淌血，还会有别的鲨鱼来。

他不愿再看这条鱼了，因为它已经给咬得残缺不全了。鱼遭到袭击时，就好像他自己遭到了袭击。

可是我把袭击我这条鱼的鲨鱼给宰了，他想。它可是我见到过的最大的灰鲭鲨。天晓得我也见过不少大鱼呢。

好景不长，他想。但愿这是一场梦，但愿我压根儿没钓到这条鱼，正独自垫着报纸躺在床上。

"不过人不是生来要给打败的，"他说，"人尽可被毁灭，但不可被打败。"不过我很难过，把这条鱼给杀死了，他想。现在倒霉的时刻快到了，可我连鱼叉也没有。这条灰鲭鲨又残忍，又能干，又强壮，又聪明。但是我比它更聪明。也许不是这样，他想。也许我仅仅是装备比它强。

"别想啦，老家伙，"他大声说道，"顺着这条航线行驶吧，有了事情就担当着。"

但是我一定要想，他想。因为我只剩下这件事可干了。这件事，还有棒球。不知道了不起的迪马乔喜不喜欢我那样扎中它的脑子？这不是什么了不起的事，他想。什么人都做得到。但是，你是不是认为我的手像骨刺一样给我招来很大的麻烦呢？我可说不准。我的脚后跟从没出过毛病，只有一次游泳时踩在一条刺鳐上，脚后跟给扎了一下，小腿就麻木了，痛得受不了。

"想点愉快的事情吧，老家伙，"他说，"每过一分钟，你就离家近一点。丢了四十磅鱼肉，船行驶起来就轻快些了。"

他很清楚，等他把船驶进海流中间时，会出现什么情况。可是眼下一点办法也没有。

"不，有办法，"他大声说道，"我可以把刀子绑在一支桨柄上。"

于是他腋下夹着舵柄，一只脚踩住了帆脚绳，把刀子绑在一支桨柄上。

"瞧，"他说，"我依旧是个老头。不过我不是手无寸铁了。"

这时又刮起了清风，船顺利地往前驶着。他只管瞧着鱼的前半身，又恢复了一点希望。

不抱希望才蠢哪，他想。再说，我认为这是一桩罪过。别想罪过了，他想。不想罪过，麻烦已经够多了。何况我也不懂这种事。

我不懂这种事，也说不准信不信这种事。也许杀死这条鱼是一桩罪过。我看是的，即使我是为了养活自己，为了养活许多人，才这么做的。不过那样一来，什么都是罪过了。别想罪过了。现在去想也为时太晚了，有些人是拿了钱来干这种事的。让他们去考虑吧。你生来是个渔夫，正如那鱼生来是条鱼一样。圣

彼德罗 [1] 是个渔夫，跟那了不起的迪马乔的父亲一样。

但是他喜欢去想一切跟他有牵连的事，因为没有书报可看，也没有收音机，他就想得很多，不停地想到罪过。你不光是为了养活自己，为了卖钱买食品才杀死那鱼的，他想。你杀死它是出于自尊，因为你是个渔夫。它活着的时候你爱它，死后你还是爱它。你既然爱它，把它杀死就不是罪过。或许是更大的罪过？

"你想得太多了，老家伙。"他大声说道。

不过你以杀死那条灰鲭鲨为快，他想。它跟你一样，靠吃活鱼维生。它不是食腐动物，也不像有些鲨鱼那样，游来游去地只顾贪吃。它又美丽又尊贵，无所畏惧。

"我是为了自卫才杀死它的，"老人大声说道，"杀得也很利索。"

再说，他想，在某种意义上，人间万物都是一物杀一物。捕鱼既养活了我，也快把我害死了。那孩子使我活着，他想。我不能过分欺骗自己。

他把身子探出船舷，从鱼身上被鲨鱼咬过的地方撕下一块肉。他嚼了嚼，觉得肉质不错，味道挺香。像兽肉一样，又坚实又多汁，不过不是红色的。肉里筋不多，他知道能在市场上卖最高价。但是他没法让肉的气味不散布到水里去，他知道大难就要临头了。

风不停地吹着，稍微转向了东北方，他知道这意味风不会减退。老人朝前方望去，但却见不到帆，也见不到任何船只或船上

---

① 耶稣刚开始传道时，在加利利海边所收的四个门徒之一。

冒出来的烟。只有飞鱼从船头跃起，向两边飞掠过去，还有一簇簇黄色的马尾藻。他连一只鸟也看不见。

船已经行驶了两个钟头，他在船尾歇着，有时从马林鱼身上撕下块肉来嚼嚼，尽量休息一下，积攒些力气，这时他看见了两条鲨鱼中的第一条。

"哎呀①。"他大声说道。这个字是没法翻译的，也许只不过是一个人觉得钉子穿过他的手钉进木头时，不由自主地发出的喊声。

"铲鼻鲨②。"他大声说道。他看见第二条鲨鳍在第一条鲨鳍后面冒出来，从那褐色三角形的鳍和那摆来摆去的尾巴，他认出这是两条铲鼻鲨。它们嗅出了臭迹，顿时兴奋起来，因为饿得发傻了，兴奋中时而将臭迹丢失，时而重又嗅到。不过它们始终在逼近。

老人系紧帆脚绳，卡好了舵柄。随即拿起了上面绑着刀子的桨。他把桨尽量轻轻地举起来，因为他的手痛得不听使唤了。接着他又把手张开，再轻轻地握住了桨，让手放松一下。随即他把手攥得紧紧的，让它们忍住了痛不缩回来，一面注视着鲨鱼过来。他看得见它们那宽大、扁平的铲子形的头，和那带白尖的宽宽的胸鳍。这是两条可恶的鲨鱼，气味难闻，既好吃腐食，又嗜杀成性，饥饿的时候，还会去咬桨和舵。正是这种鲨鱼，会趁海龟在水面上睡觉时咬掉它们的腿和鳍足，要是饿急了，还会袭击水里的人，即使人身上并没有鱼血或鱼黏液的腥味。

---

① 原文为西班牙文：Ay。
② 原文为西班牙文：Galanos，有"优雅、杂色斑驳"等意，是当地人对铲鼻鲨的俗称。

"哎呀，"老人说，"铲鼻鲨。来吧，铲鼻鲨。"

它们来了。但是没有像灰鲭鲨那样游来。一条鲨鱼转了个身，钻到小船底下不见了，等它撕扯大鱼时，老人觉得小船在晃动。另一条鲨鱼用它一条缝似的眼睛瞅着老人，然后飞速地游过去，张开半圆形的大嘴，朝大鱼身上被咬过的地方咬去。在它褐色的头顶和脊背上，在脑子和脊髓相连的地方，有一条清晰的纹路，老人就用绑在桨上的刀子朝那交叉点扎进去，然后拔出来，再扎进鲨鱼那猫似的黄眼睛里。鲨鱼放开了大鱼，身子朝下滑下去，临死时还在吞它咬下的肉。

另一条鲨鱼仍在摧残那条大鱼，弄得小船还在摇晃，老人松开了帆脚绳，让船向侧面摆动，使鲨鱼从船底下露出来。他一看见鲨鱼，就从船舷上探出身子，拿刀子朝它猛戳下去。他只是扎到了肉，而鲨鱼皮又太坚韧，刀子几乎戳不进去。这一戳不仅震痛了他的手，也震痛了他的肩膀。不过鲨鱼又迅速浮上来，露出了脑袋，老人趁它的鼻子伸出水面挨上那条鱼的时候，对准它扁平的脑袋中央扎去。老人拔出刀来，朝同一地方又扎了下去。它依然闭紧嘴咬住大鱼不放，老人一刀戳进它的左眼。这鲨鱼还悬在那里。

"还不够吗？"老人说，随即又把刀子扎进它的脊骨和脑子之间。这一次扎起来很容易，他觉得鲨鱼的软骨断了。老人把桨倒过来，把刀子插在鲨鱼的两颚中间，想把它的嘴撬开。他把刀子绞了绞，鲨鱼松开嘴滑下去的时候，他说："去吧，铲鼻鲨。滑到一英里深的水里去。去找你的朋友吧，也许是你的妈妈呢。"

老人擦了擦刀口，把桨放下。接着他扯起帆脚绳，鼓起了帆，让小船顺着航道驶去。

"它们一准把它吃掉了四分之一，而且吃的是顶好的肉，"他大声说道，"但愿这是一场梦，但愿我压根儿没有钓到它。我为此感到抱歉，鱼。真是一错百错。"他顿住了，这时也不想朝鱼看了。那鱼已经淌光了血，还受到海浪的冲刷，看上去像镜背镀的银白色，身上的条纹依然看得出来。

"鱼啊，我不该出海出得这么远，"他说，"对你对我来说都不该。我很抱歉，鱼啊。"

好吧，他对自己说。检查一下绑刀的绳子，看看断了没有。然后把你的手料理好，因为还会有麻烦呢。

"有一块磨刀石就好了，"老人检查了绑在桨柄上的绳子后说，"我应该带一块磨刀石来。"你应该带的东西多着呢，他想。但是你却没有带来，老家伙。现在不是想你没有什么东西的时候。想想你用现有的东西能做什么事吧。

"你给我出了许多高招，"他大声说道，"我都听腻了。"

他把舵柄夹在腋下，双手浸在水里，小船向前驶去。

"天知道最后那条鲨鱼撕去了多少鱼肉，"他说，"不过这船现在可轻多了。"他不愿意去想那鱼给撕得残缺不全的肚子。他知道鲨鱼每次猛扑上去，总要撕去不少肉，还知道大鱼这时给所有的鲨鱼留下了一道臭迹，宽得像海面上的一条大路。

这条鱼可以把一个人养活一冬天，他想。别这么想吧。还是歇一歇，把你的手调养好，守住这剩下来的鱼肉。水里有那么重的气味，我手上的血腥味也就算不上什么了。再说这手上也没淌多少血。划破什么地方也没关系。出出血会使左手不再抽筋。

我现在还有什么可想的呢？他想。什么也没有。我必须什么也不想，等待下一拨鲨鱼来。这要真是一场梦就好了，他想。可是谁晓得呢？也许结果会是好的。

　　接着来的是一条单独的铲鼻鲨。瞧它来的架势，就像一头猪奔向猪食槽，如果说猪有那么大的嘴，你都可以把脑袋伸进去的话。老人让它去咬那条大鱼，然后把绑在桨上的刀子扎进它的脑子里。但是鲨鱼朝后猛地一转身，那把刀子啪的一声断了。

　　老人便定下心来掌舵。他看也不看那条大鲨鱼，任它慢慢地沉下水去，先是跟真身一样大，随即渐渐变小，然后成了一丁点儿。这种情景总让老人看得入迷。可是这时他看都不看一眼。

　　"我现在还有鱼钩呢，"他说，"不过这没有用。我还有那两把桨、那个舵柄和那根短棍。"

　　它们这下可把我打垮了，他想。我太老了，没法用棍子把鲨鱼打死。但是只要我有桨、短棍和舵柄，我就要试一试。

　　他又把手浸在水里。这时渐渐到了傍晚时分，除了大海和天空，什么也看不见。天上的风刮得比先前大了些，他希望马上能看到陆地。

　　"你累了，老家伙，"他说，"打骨子里累了。"

　　直到快日落时，鲨鱼才又向他扑来。

　　老人看见两片褐色的鳍顺着大鱼在水里必然留下的宽阔踪迹游来。它们甚至不用去搜寻鱼的臭迹，就肩并肩地朝小船直奔过来。

　　他卡好舵柄，系好帆脚绳，伸手到船尾下去取那根短棍。那原是个桨柄，是从一支断桨上锯下来的，大约有两英尺半长。因为桨柄上有个把手，他只用一只手去抓才觉得对劲，于是便把它稳稳地抓在右手里，把手弯起来握在上面，一面望着鲨鱼的到来。两条都是铲鼻鲨。

我一定要让第一条鲨鱼紧紧咬住了，然后再朝它鼻尖上砸下去，或者直朝它头顶上劈下去，他想。

两条鲨鱼一同紧逼过来，他一见离他较近的那条张开嘴咬进大鱼的银色胁腹，就高高地举起短棍，猛击下去，砰的一声砸在鲨鱼宽阔的头顶上。棍子落下去时，他觉得好像打在坚韧的橡胶上。不过他也感觉到了坚硬的骨头，就在鲨鱼从大鱼身上滑下时，他又朝它的鼻尖上狠狠地揍了一棍。

另一条鲨鱼一直出没不定，这时又张开大嘴扑了上来。它猛冲向大鱼，咬紧了嘴巴，老人看见它嘴角上漏出一块块白花花的鱼肉。他抢起棍子朝它打去，只击中了它的头，鲨鱼朝他望了望，然后把它咬住的肉撕去了。等它溜开要吞下那肉时，老人又揍了它一棍，不过只是击中了那又厚实又坚韧的橡皮般的地方。

"来吧，铲鼻鲨，"老人说，"再过来吧。"

鲨鱼又冲上来了，老人趁它一闭嘴，就给了它一棍。他把棍子举到不能再高的地步，结结实实地揍它一下。这一回他觉得击中了脑后的骨头，于是朝同一部位又打了一下，鲨鱼动作缓慢地撕下嘴里咬着的肉，然后从大鱼身上滑下去了。

老人提防着它再回来，可是两条鲨鱼都没露面。后来他看见其中一条在水面上打着转儿游。他却没有看见另一条的鳍。

我没法指望杀死它们了，他想。我年轻的时候可能还行。不过我把它们俩都打成了重伤，它们谁也不会觉得好过。要是我能用双手抡起一根棒球棒，我准能把第一条打死。即使现在也能，他想。

他不愿朝那条鱼看。他知道它的半个身子给撕光了。他刚才跟鲨鱼搏斗时，太阳已经落下去了。

"马上就要天黑了，"他说，"到时候我就要看见哈瓦那的灯火了。我要是往东去得太远，就会看见哪一处新海滩的灯光。"

眼下我不会离港太远了，他想。我希望没人为我担心。当然，只有那孩子会担心。不过我相信他有信心。许多老渔夫也会担心。还有不少别的人，他想。我住在一个好镇子上。

他不能再跟这条鱼讲话了，因为它给毁得太不像样了。这时他脑子里突然想起了一件事。

"半拉鱼，"他说，"你本来是一整条鱼。很遗憾，我出海出得太远了。我把我们俩都毁了。可是我们杀死了不少鲨鱼，你和我一起，还打伤了好多条。你杀死过多少啊，老鱼？你头上的那只长嘴可不是白长的。"

他喜欢想这条鱼，想它要是能自由自在地游，它会怎样对付一条鲨鱼。我该砍掉它那只长嘴，拿着去跟鲨鱼斗，他想。可是没有斧头，刀子也没了。

但是，我要是真把那长嘴砍下来了，还把它绑在桨柄上，那该是多好的武器啊。那样一来，我们就会一起跟它们斗啦。要是它们夜里跑来，你会怎么办呢？你有什么办法呢？

"跟它们斗，"他说，"我要跟它们斗到死。"

但是，眼下一片黑暗，没有亮光，也没有灯火，只有风在刮，帆不停地扯动，他觉得也许他已经死了。他合上双手，摸一摸掌心。它们没有死，他只消把它们张合一下，就能感到生的痛苦。他把脊背靠在船尾，知道自己没有死。这是他的肩膀告诉他的。

我许过诺，要是我逮住这条鱼，我要把所有的祷词都念一遍，他想。但是我现在累得念不成了。我还不如把麻袋拿过来披在肩上。

他躺在船尾，一面掌舵一面察看天边有没有亮光出现。我还有半条鱼，他想。也许我运气好，能把这前半条带回去。我该有点运气啦。不，他说。你出海出得太远，把运气给败掉了。

"别犯傻啦，"他大声说道，"保持清醒，掌好舵。也许你有不少好运呢。"

"要是有什么地方卖好运，我倒想买一点。"他说。

我能拿什么来买呢？他问自己。难道我能用一把丢掉的鱼叉、一把折断的刀子和一双受了伤的手去买吗？

"也许可以，"他说，"你曾经想用出海八十四天去买。人家也差一点卖给你。"

我不能胡思乱想，他想。运气是以各种各样的形式出现的，谁能认得出来呢？我倒想有点运气，不管是什么形式的，而且要什么价钱我都给。但愿我能看到灯光，他想。我想要的东西太多了。但是我眼下就想要这东西。他想尽力搞得舒服些好掌舵，因为觉得疼痛，他知道自己没有死。

大约在夜里十点钟的时候，他看见了城里灯火的反射光。起初只是隐约可辨，就像月亮升起之前天上的幽光。接着，到了风大浪涌的时候，往海上望去，灯光就能看得清了。他把船驶进亮光之中，心想现在要不了多久，他就能驶到海流边了。

现在事情过去了，他想。也许它们还会向我袭来。可是在黑夜里，一个人没有武器怎么能对付它们呢？

这时他身子既僵硬又酸痛，在夜晚的寒气里，他身上的伤口和所有用力过度的地方都痛得厉害。我希望不必再斗了，他想。我多么希望不必再斗了。

但是到了半夜，他又搏斗了，这一回他知道搏斗也是白搭。它们是成群来的，他只看得见它们的鳍在水里划出的一道道线路，和扑向大鱼时身上发出的磷光。他朝鲨鱼头上打去，听到它们的嘴巴咔嚓一声咬下去，在船底下扯住大鱼搞得小船直摇晃。他只要感觉到什么，听到什么，就拼命地挥棒打去。他感到什么东西攫住了棍子，随即就丢掉了。

他猛地把舵柄从舵上拽下来，拿它又打又砍，双手攥住一次次地劈下去。但是它们这时都冲到船头，一条接一条地扑上去，时而又一拥而上，当它们转身再次扑来时，就把在水面下闪闪发亮的鱼肉一块一块地撕去了。

最后，一条鲨鱼朝鱼头扑来，他知道一切都完了。他挥起舵柄朝鲨鱼头上击去，鲨鱼的两颚卡在那厚实的鱼头上，怎么也撕不下来。他又劈下去一次，两次，又一次。他听见舵柄啪地折断了，就用断把向鲨鱼戳去。他觉得那断把戳进去了，他也知道这东西很尖利，就再把它往里戳。鲨鱼松开嘴，一翻身就去了。这是来袭的这群鲨鱼中的最后一条。它们再也没有什么可吃的了。

老人这时几乎喘不过气来，他觉得嘴里有一股奇怪的味道。那是一种铜腥味，还甜丝丝的，他担心了一番。但是味道不是很浓。

他朝海里啐了一口，说："把这吃了，铲鼻鲨。做个梦，梦见你们弄死一个人。"

他知道现在他终于被打垮了，没法补救了，便回到船尾，发现舵柄那锯齿形的断头还可以按在舵槽里，让他好掌舵。他把麻袋披在肩膀上，驾着小船顺着航线驶去。这时小船轻松地走着，他什么也不想，什么感觉也没有。他现在超脱了一切，只顾尽可能稳妥、尽可能机敏地把小船驶回港去。夜里又有鲨鱼来袭击大鱼的残骸，就像有人从饭桌上捡面包屑一样。老人不去理会它们，除了掌舵，他什么都不管。他只注意到小船由于旁边没有沉重的拖累，现在走得多么轻快，多么顺当。

船还是好好的，他想。还是完好的，除了舵柄，没受任何损伤。舵柄很容易配。

他感觉得到船已驶进海流里面，看得到海滨居住区的灯光了。他知道他现在到了什么地方，回家不成问题了。

不管怎么说，风还是我们的朋友，他想。随即他又加上：有时候是。还有那大海，海上既有我们的朋友，也有我们的敌人。还有床，他想。床是我的朋友。仅仅是床，他想。床要成为一件了不起的东西。你一给打垮，事情就好办了，他想。我从不知道居然会这么容易。那么是什么把你打垮的，他想。

"什么也没有，"他大声说道，"我出海出得太远了。"

当他驶进小港的时候，露台酒吧的灯光已经熄灭，他知道大家都已上床。风越刮越大，这时变得很猛了。不过港口里却静悄悄的，他把船驶到岩石下一小片卵石滩前。没有人来帮他，他只好把船尽量往岸上靠。然后他跨出船来，把它系在一块岩石上。

他拔下桅杆，卷起了帆，把它捆好。然后扛起桅杆，往岸上爬去。这时他才知道他疲乏到什么程度。他停了停，回头望了望，借助街灯的反光，看见那鱼的大尾巴竖立在船尾好后的地方。他看见了那白色的赤条条的脊骨，它那带着突出长嘴的黑乎乎的脑袋，而在这头尾之间光秃秃的没有一点肉。

他又往上爬去，到了顶上摔倒了，便在地上躺了一会儿，桅杆还横在肩膀上。他想爬起来，可是太吃力了，他便扛着桅杆坐在那里，望着大路。一只猫从路对面走过，不知在干什么事，老人拿眼望着它。随后他就只顾望着大路。

最后他放下桅杆，站了起来。他又拾起桅杆，扛在肩上，顺着大路走去。他不得不坐下歇了五次，才走到他的窝棚。

进了窝棚，他把桅杆靠在墙上。他摸黑找到一只水瓶，喝了一口水。然后他躺到了床上。他拉起毯子盖住两肩，然后裹住脊背和双腿，脸朝下趴在报纸上，两臂直伸，掌心向上。

早上他还在睡着，那孩子来到门口朝里张望。风刮得很大，漂网渔船都不能出海，所以孩子睡到很晚，然后就像每天早上一样，来到老人的窝棚。孩子看见老人喘着粗气，随即又看见老人那双手，便哭起来了。他悄悄地走出来，去弄点咖啡，一路上哭个不停。

许多渔夫围在小船周围，看着绑在船旁边的那个东西，有一位渔夫卷起裤腿站在水里，用一根绳子在量那副骨架。

孩子没有走下去。他早就去过了，有一个渔夫正在替他看管小船。

"他怎么样啦?"一名渔夫大声问道。

"在睡觉，"孩子大声叫道，他不在乎人家看见他在哭，"谁都别去打扰他。"

"它从鼻子到尾巴有十八英尺长。"那个给鱼量身长的渔夫大声嚷道。

"这我相信。"孩子说。

他走进露台酒吧，要一罐咖啡。

"要热的，多加些牛奶和糖。"

"还要别的吗？"

"不要啦。过后我再看看他能吃什么。"

"多大的鱼啊，"酒吧老板说，"从没有过这么大的鱼。你昨天逮到的那两条也很棒啊。"

"让我的鱼见鬼去吧。"孩子接着又哭起来了。

"你想喝点什么吗？"老板问。

"不要，"孩子说，"叫他们别去打扰圣地亚哥。我就回来。"

"告诉他我很难过。"

"谢谢。"孩子说。

孩子把一罐热咖啡拿到老人的窝棚，坐在一旁等他醒来。有一回眼看他快醒了，可他又沉睡过去，孩子便穿过大路去借点木柴来，好再热热咖啡。

最后老人终于醒了。

"别坐起来，"孩子说，"把这喝了。"他往一只玻璃杯里倒了些咖啡。

老人接过去喝了。

"它们把我打垮了，马诺林，"他说，"它们真把我打垮了。"

“它可没把你打垮。那鱼可没有。”

“是的。真没有。我是后来被打垮的。”

“佩德里科在看守小船和器具。你打算把鱼头怎么办？”

“让佩德里科把它剁碎了作鱼饵吧。”

“那长嘴呢？”

“你要就拿去吧。”

“我要，”孩子说，“现在我们得安排一下别的事。”

“他们找过我没有？”

“当然找过。出动了海岸警卫队和飞机。”

“海洋太大，小船太小，不容易看见。”老人说。他觉得真是快活，能有个人说说话，而不是只能自言自语，只能对海说话。“我可想念你，”他说，“你们捉到了什么？”

“头一天一条。第二天一条，第三天两条。”

“很好啊。”

“现在我们又要一起打鱼了。”

“不。我运气不好。我不会再交好运了。”

“让运气见鬼去吧，”孩子说，“我会带来好运的。”

“你家里人会怎么说呢？”

“我不在乎。我昨天逮了两条。不过我们现在要一起打鱼，因为我还有好多东西要学。”

“我们得弄一支能致命的好鱼镖，随时放在船上。你可以从旧福特车上弄来一块簧片做矛头。我们可以拿到瓜纳瓦科阿 ①

---

① 瓜纳瓦科阿（Guanabacoa），欧洲人在古巴最早的殖民地之一，属现今哈瓦那市的一部分。

去磨一磨。要磨得快快的，不要淬火，免得会断。我的刀子就断了。”

“我要再弄一把刀子，还要把簧片磨快。大风要刮多少天？”

“也许三天。也许还不止。”

“我要把什么都安排好，”孩子说，“你把你的手护理好，老人家。”

“我知道怎样护理了。夜里我吐出了一种奇怪的东西，觉得我胸膛里什么地方破了。”

“把那地方也调理好，”孩子说，“躺下来，老人家，我去给你拿件干净衬衫来。还弄点吃的来。”

“把我不在家时候的报纸，也随便带一份来。”老人说。

“你得赶快好起来，因为我还有好多东西要学，而你样样都能教我。你吃过多少苦呀？”

“可不少。”老人说。

“我去拿吃的和报纸，”孩子说，“好好歇着，老人家。我去药店给你弄点敷手的药来。”

“别忘了告诉佩德里科，鱼头是他的。”

“不会忘。我会记住的。”

孩子出了门，顺着磨光的珊瑚石路走去时，又哭起来了。

那天下午，露台酒吧来了一群旅客，有个女人朝下面的海水望去，看见在一堆空啤酒罐和死梭子鱼之间，有一条又粗又长的白色脊骨，一端有一条巨大的尾巴，当东风刮得港口外面不停地汹涌起伏的时候，那尾巴随着潮水一上一下地摇来晃去。

“那是什么？”她问一位侍者，一面指着那条大鱼长长的脊骨，那东西现在不过成了垃圾，只等着潮水来把它冲走。

"鲨鱼①，"侍者说，"Eshark。"他正想解释是怎么回事。

"我还不知道鲨鱼有这么漂亮、形状这么优美的尾巴。"

"我也不知道。"她的男伴说。

在路那头的窝棚里，老人又睡着了。他依旧脸朝下睡着，孩子坐在旁边守着他。老人在梦见狮子。

---

① 原文为西班牙文：Tiburon。下文的 Eshark 系侍者照西班牙语的习惯用英语讲"鲨鱼"（shark）。